莎士比亚全集·中文本（典藏版）
William Shakespeare: Complete Works

[英] 威廉·莎士比亚（William Shakespeare）
辜正坤 主编／彭镜禧 译

暴风雨

The Tempest

外语教学与研究出版社
北京

京权图字：01-2016-4991

图书在版编目（CIP）数据

暴风雨 /（英）威廉·莎士比亚（William Shakespeare）著；彭镜禧译.
北京：外语教学与研究出版社，2024.6. --（莎士比亚全集 / 辜正坤主编）.
ISBN 978-7-5213-5328-0

I. I561.33

中国国家版本馆 CIP 数据核字第 20241U85C1 号

暴风雨
BAOFENGYU

出 版 人	王 芳
项目负责	邢印姝 郭芮萱
责任编辑	都楠楠
责任校对	周渝毅
封面设计	张 潇
出版发行	外语教学与研究出版社
社 址	北京市西三环北路 19 号（100089）
网 址	https://www.fltrp.com
印 刷	三河市紫恒印装有限公司
开 本	710×1000 1/16
印 张	9
字 数	144 千字
版 次	2024 年 6 月第 1 版
印 次	2024 年 6 月第 1 次印刷
书 号	ISBN 978-7-5213-5328-0
定 价	58.00 元

如有图书采购需求，图书内容或印刷装订等问题，侵权、盗版书籍等线索，请拨打以下电话或关注官方服务号：
客服电话：400 898 7008
官方服务号：微信搜索并关注公众号"外研社官方服务号"
外研社购书网址：https://fltrp.tmall.com

物料号：353280001

出版说明

　　1623 年，莎士比亚的演员同僚们倾注心血结集出版了历史上第一部《莎士比亚全集》——著名的第一对开本，这是三百多年来许多导演和演员最为钟爱的莎士比亚文本。2007 年，由英国皇家莎士比亚剧团（Royal Shakespeare Company）推出的《莎士比亚全集》，则是对第一对开本首次全面的修订。

　　本套《莎士比亚全集》新汉译本，正是依据当今莎学界最负声望的皇家版《莎士比亚全集》翻译而成。译本的凡例说明如下：

　　一、**文体**：剧文有诗体和散体之分。未及最右行末即转行的为诗体。文字连排、直至最右行末转行的，则为散体。

　　二、**舞台提示**：

　　1）角色的上场与下场及其他舞台提示以仿宋体排出，穿插于剧文中的舞台提示以圆括号进行标注，如：（对亨利王子）。

　　2）舞台提示中的特殊符号。译本所依据的皇家版《莎士比亚全集》的编辑者对舞台提示中的不确定情形以特殊符号予以标注，译本亦保留了这些符号：如（旁白？）表示某行剧文既可作为旁白，亦可当作对话；又如某个舞台活动置于箭头 ↓↓ 之间，表示它可发生在一场戏中的多个不同时刻。

　　三、**脚注**：脚注中除标注有"译者附注"字样的，均译自或改编自皇家版《莎士比亚全集》注释。脚注多为对剧文中背景知识及专名的解释，以使读者更好地理解剧情；亦包含部分与英文原文相关的脚注，以使读者在品味译者的佳文时，亦体验到英文原文的精妙。

四、文本：译本以第一对开本为蓝本，部分剧目中四开本与之明显相异的段落亦有译出，附于正文之后，供读者参考。

此《莎士比亚全集》新汉译本历经策划、翻译、编辑加工和印装等工序，各个环节的参与者均竭尽全力，力求完美，但由于水平、精力所限，难免有所错漏，敬请广大读者赐教指正。

外语教学与研究出版社

综合出版事业部

莎士比亚诗体重译集序

辜正坤

他非一代骚人，实属万古千秋。

这是英国大作家本·琼森（Ben Jonson）在第一部《莎士比亚全集》（*Mr. William Shakespeares Comedies, Histories, & Tragedies*, 1623）扉页上题诗中的诗行。三百多年来，莎士比亚在全球逐步成为一个家喻户晓的名字，似乎与这句预言在在呼应。但这并非偶然言中，有许多因素可以解释莎士比亚这一巨大的文化现象产生的必然性。最关键的，至少有下面几点。

首先，其作品内容具有惊人的多样性。世界上很难有第二个作家像莎士比亚这样能够驾驭如此广阔的题材。他的作品内容几乎无所不包，称得上英国社会的百科全书。帝王将相、走卒凡夫、才子佳人、恶棍屠夫……一切社会阶层都展现于他的笔底。从海上到陆地，从宫廷到民间，从国际到国内，从灵界到凡尘……笔锋所指，无处不至。悲剧、喜剧、历史剧、传奇剧，叙事诗、抒情诗……都成为他显示天才的文学样式。从哲理的韵味到浪漫的爱情，从盘根错节的叙述到一唱三叹的诗思，波涛汹涌的情怀，妙夺天工的笔触，凡开卷展读者，无不为之拊掌称绝。即使只从莎士比亚使用过的海量英语词汇来看，也令人产生仰之弥高的感觉。德国语言学家马克斯·缪勒（Max Müller）原以为莎士比亚使用过的词汇最多为 15,000 个，事后证明这当然是小看了语言大师的词汇储藏量。美国教授爱德华·霍尔登（Edward Holden）经过一番考察后，认为至少达 24,000 个。可是他哪里知道，这依然是一种低估。有学者甚至声称用电脑检索出莎士比亚用的词汇多达 43,566 个！当然，这些数据还不是莎士比亚作品之所以产生空前影响的关键因素。

其次，但也许是更重要的原因：他的作品具有极高的娱乐性。文学作品的生命力在于它能寓教于乐。莎士比亚的作品不是枯燥的说教，而是能够给予读者或观众极大艺术享受的娱乐性创造物，往往具有明显的煽情效果，有意刺激人的欲望。这种艺术取向当然不是纯粹为了娱乐而娱乐，掩藏在背后的是当时西方人强有力的人本主义精神，即用以人为本的价值观来对抗欧洲上千年来以神为本的宗教价值观。重欲望、重娱乐的人本主义倾向明显对重神灵、重禁欲的神本主义产生了极大的挑战。当然，莎士比亚的人本主义与中国古人所主张的人本主义有很大的区别。要而言之，前者在相当大的程度上肯定了人的本能欲望或原始欲望的正当性，而后者则主要强调以人的仁爱为本规范人类社会秩序的高尚的道德要求。二者都具有娱乐效果，但前者具有纵欲性或开放性娱乐效果，后者则具有节欲性或适度自律性娱乐效果。换句话说，对于 16、17 世纪的西方人来说，莎士比亚的作品暗中契合了试图挣脱过分禁欲的宗教教义的约束而走向个性解放的千百万西方人的娱乐追求，因此，它会取得巨大成功是势所必然的。

第三，时势造英雄。人类其实从来不缺善于煽情的作手或视野宏阔的巨匠，缺的常常是时势和机遇。莎士比亚的时代恰恰是英国文艺复兴思潮达到鼎盛的时代。禁欲千年之久的欧洲社会如堤坝围裹的宏湖，表面上浪静风平，其底层却汹涌着决堤的纵欲性暗流。一旦湖堤洞开，飞涛大浪呼卷而下，浩浩汤汤，汇作长河，而莎士比亚恰好是河面上乘势而起的弄潮儿，其迎合西方人情趣的精湛表演，遂赢得两岸雷鸣般的喝彩声。时势不光涵盖社会发展的总趋势，也牵连着别的因素。比如说，文学或文化理论界、政治意识形态对莎士比亚作品理解、阐释的多样性与莎士比亚作品本身内容的多样性产生相辅相成的效果。"说不尽的莎士比亚"成了西方学术界的口头禅。西方的每一种意识形态理论，尤其是文学理论，要想获得有效性，都势必会将阐释莎士比亚的作品作为试金石。17世纪初的人文主义，18世纪的启蒙主义，19世纪的浪漫主义，20世纪的现实主义或批判现实主义，都不同程度地、选择性地把莎士比亚作品作为阐释其理论特点的例证。也许17世纪的古典主义曾经阻遏过西方人对莎士比亚作品的过度热情，但是19世纪的浪漫主义流派却把莎士比亚作品推崇到无以复加的崇高地位，莎士比亚俨然成了西方文学的神灵。20世纪以来，西方资本主义阵营和社会主义阵营可以说在意识形态的各个方面都互相对立，势同水火，可是在对待莎士比亚的问题上，居然有着惊人的共识与默契。不用说，社会主义阵营的立场与社会主义理论的创始者马克思（Karl Marx）、恩格斯（Friedrich Engels）个人的审美情趣息息相关。马克思一家都是莎士比亚的粉丝；马克思称莎士比亚为"人类最伟大的天才之一，人类文学奥林波斯山上的宙斯"！他号召作家们要更加莎士比亚化。恩格斯甚至指出："单是《快乐的温莎巧妇》[1]的第一幕就比全部德国文学包含着更多的生活气息。"不用说，这些话多多少少有某种程度的文学性夸张，但对莎士比亚的崇高地位来说，却无疑产生了极大的推动作用。

第四，1623年版《莎士比亚全集》奠定莎士比亚崇拜传统。这个版本即眼前译本所依据的皇家版《莎士比亚全集》（*The RSC William Shakespeare: Complete Works*, 2007）的主要内容。该版本产生于莎士比亚去世的第七年。莎士比亚的舞台同仁赫明奇（John Heminge）和康德尔（Henry Condell）整理出版了第一部莎士比亚戏剧集。当时的大学者、大

---

1 英文剧名为 The Merry Wives of Windsor，朱生豪先生译作《温莎的风流娘儿们》；重译本综合考虑剧情和英文书名，译作《快乐的温莎巧妇》。

作家本·琼森为之题诗，诗中写道："他非一代骚人，实属万古千秋。"这个调子奠定了莎士比亚偶像崇拜的传统。而这个传统一旦形成，后人就难以反抗。英国文学中的莎士比亚偶像崇拜传统已经形成了一种自我完善、自我调整、自我更新的机制。至少近两百年来，莎士比亚的文学成就已被宣传成世界文学的顶峰。

第五，现在署名"莎士比亚"的作品很可能不只是莎士比亚一个人的成果，而是凝聚了当时英国若干戏剧创作精英的团体努力。众多大作家的智慧浓缩在以"莎士比亚"为代号的作品集中，其成就的伟大性自然就获得了解释。当然，这最后一点只是莎士比亚研究界若干学者的研究性推测，远非定论。有的莎士比亚著作爱好者害怕一旦证明莎士比亚不是署名为"莎士比亚"的著作的作者，莎士比亚的著作便失去了价值，这完全是杞人忧天。道理很简单，人们即使证明了《红楼梦》的作者不是曹雪芹，或《三国演义》的作者不是罗贯中，也丝毫不影响这些作品的伟大价值。同理，人们即使证明了《莎士比亚全集》不是莎士比亚一个人创作的，也丝毫不会影响《莎士比亚全集》是世界文学中的伟大作品这个事实，反倒会更有力地证明这个事实，因为集体的智慧远胜于个人。

皇家版《莎士比亚全集》译本翻译总思路

横亘于前的这套新译本，是依据当今莎学界最负声望的皇家版《莎士比亚全集》进行翻译的，而皇家版又正是以本·琼森题过诗的 1623 年版《莎士比亚全集》为主要依据。

这套译本是在考察了中国现有的各种译本后，根据新的历史条件和新的翻译目的打造出来的。其总的翻译思路是本套译本主编会同外语教学与研究出版社的相关领导和责任编辑讨论的结果。总起来说，皇家版《莎士比亚全集》译本在翻译思路上主要遵循了以下几条：

1. 版本依据。如上所述，本版汉译本译文以英国皇家版《莎士比亚全集》为基本依据。但在翻译过程中，译者亦酌情参阅了其他版本，以增进对原作的理解。

2. 翻译内容包括：内页所含全部文字。例如作品介绍与评论、正文、注释等。

3. 注释处理问题。对于注释的处理：1）翻译时，如果正文译文已经将英文版某注释的基本含义较准确地表达出来了，则该注释即可取消；2）如果正文译文只是部分地将英文版对应注释的基本含义表达出来，则该注释可以视情况部分或全部保留；3）如果注释本身存疑，可以在保留原注的情况下，加入译者的新注。但是所加内容务必有理有据。

4. 翻译风格问题。对于风格的处理：1）在整体风格上，译文应该尽量逼肖原作整体风格，包括以诗体译诗体，以散体译散体；2）在具体的文字传输处理上，通常应该注重汉译本身的文字魅力，增强汉译本的可读性。不宜太白话，不宜太文言；文白用语，宜尽量自然得体。句子不要太绕，注意汉语自身表达的句法结构，尤其是其逻辑表达方式。意义的异化性不等于文字形式本身的异化性，因此要注意用汉语的归化性来传输、保留原作含义的异化性。朱生豪先生的译本语言流畅、可读性强，但可惜不是诗体，有违原作形式。当下译本是要在承传朱先生译本优点的基础上，根据新时代的读者审美趣味，取得新的进展。梁实秋先生等的译本，在达意的准确性上，比朱译有所进步，也是我们应该吸纳的优点。但是梁译文采不足，则须注意避其短。方平先生等的译本，也把莎士比亚翻译往前推进了一步，在进行大规模诗体翻译方面作出了宝贵的尝试，但是离真正的诗体尚有距离。此外，前此的所有译本对于莎士比亚原作的色情类用语都有程度不同的忽略，本套皇家版译本则尽力在此方面还原莎士比亚的本真状态（论述见后文）。其他还有一些译本，亦都应该受到我们的关注，处理原则类推。每种译本都有自己独特的东西。我们希望美的译文是这套译本的突出特点。

5. 借鉴他种汉译本问题。凡是我们曾经参考过的较好的译本，都在适当的地方加以注明，承认前辈译者的功绩。借鉴利用是完全必要的，但是要正大光明，避免暗中抄袭。

6. 具体翻译策略问题特别关键，下文将其单列进行陈述。

莎士比亚作品翻译领域大转折：真正的诗体译本

莎士比亚首先是一个诗人。莎士比亚的作品基本上都以诗体写成。因此，要想尽可能还原本真的莎士比亚，就必须将莎士比亚作品翻译成为诗体而不是散文，这在莎学界已经成为共识。但是紧接而来的问题是：什么叫诗体？或需要什么样的诗体？

按照我们的想法：1）所谓诗体，首先是措辞上的诗味必须尽可能浓郁；2）节奏上的诗味（包括分行）等要予以高度重视；3）结合中国人的审美习惯，剧文可以押韵，也可以不押韵。但不押韵的剧文首先要满足前两个要求。

本全集翻译原计划由笔者一个人来完成。但是，莎士比亚的创作具有惊人的多样性，其作品来源也明显具有莎士比亚时代若干其他作家与作品的痕迹，因此，完全由某一个译者翻译成一种风格，也许难免偏颇，难以和莎士比亚风格的多样性相呼应。所以，集众人的力量来完成大业，应该更加合理，更加具有可操作性。

具体说来，新时代提出了什么要求？简而言之，就是用真正的诗体翻译莎士比亚的诗体剧文。这个任务，是朱生豪先生无法完成的。朱先生说过，他在翻译莎士比亚作品时，"当然预备全部用散文译出，否则将要了我的命"。[1] 显然，朱先生也考虑过用诗体来翻译莎士比亚著作的问题，但是他的结论是：第一，靠单独一个人用诗体翻译《莎士比亚全集》是办不到的，会因此累死；第二，他用散文翻译也是不得已的办法，因为只有这样他才有可能在有生之年完成《莎士比亚全集》的翻译工作。

将《莎士比亚全集》翻译成诗体比翻译成散文体要难得多。难到什么程度呢？和朱生豪先生的翻译进度比较一下就知道了。朱先生翻译得最快的时候，一天可以翻译一万字。[2] 为什么会这么快？朱先生才华过人，这当然是一个因素，但关键因素是：他是用散文翻译的。用真正的诗体就不一样了。以笔者自己的体验，今日照样用散文翻译莎士比亚剧本，最快时也可达到每日一万字。这是因为今日的译者有比以前更完备的注释本和众多的前辈汉译本作参考，至少在理解原著时，要比朱先生当年省力得多，所以翻译速度上最高达到一万字是不难的。但是翻译成诗体就是另外一回事了。这比自己写诗还要难得多。写诗是自己随意发挥，译诗则必须按照别人的意思发挥，等于是戴着镣铐跳舞。笔者自己写诗，诗兴浓时，一天数百行都可以写得出来，但是翻译诗，一天只能是几十行，统计成字数，往往还不到一千字，最多只是朱生豪先生散文翻译速度的十分之一。梁实秋先生翻译《莎士比亚全集》用的也是散文，但是也花了 37 年，如果要翻译成真正的诗体，那么至少得 370 年！由此可见，真正的诗体《莎士比亚全集》汉译本的诞生，有多么艰难。此次笔者约稿的各位译者，都是用诗体翻译，并且都表示花费了大量的时间，

1　见朱生豪大约在 1936 年夏致宋清如信："今天下午，我试译了两页莎士比亚，还算顺利，不过恐怕终于不过是 Poor Stuff 而已。当然预备全部用散文译出，否则将要了我的命。"（《伉俪：朱生豪宋清如诗文选》下卷，中国青年出版社，2013 年，第 94 页）

2　朱生豪："今天因为提起了精神，却很兴奋，晚上译了六千字，今天一共译一万字。"（同上，第 101 页）

皇家版《莎士比亚全集》译本凝聚了诸位译者的多少努力，也就不言而喻了。

翻译诗体分辨：不是分了行就是真正的诗

主张将莎士比亚剧作翻译成诗体成了共识，但是什么才是诗体，却缺乏共识。在白话诗盛行的时代，许多人只是简单地认定分了行的文字就是诗这个概念。分行只是一个初级的现代诗要求，甚至不必是必然要求，因为有些称为诗的文字甚至连分行形式都没有。不过，在莎士比亚作品的翻译上，要让译文具有诗体的特征，首先是必定要分行的，因为莎士比亚原作本身就有严格的分行形式。这个不用多说。但是译文按莎士比亚的方式分了行，只是达到了一个初级的低标准。莎士比亚的剧文读起来像不像诗，还大有讲究。

卞之琳先生对此是颇有体会的。他的译本是分行式诗体，但是他自己也并不认为他译出的莎士比亚剧本就是真正的诗体译本。他说：读者阅读他的译本时，"如果……不感到是诗体，不妨就当散文读，就用散文标准来衡量"。[1]这是一个诚实的译者说出的诚实话。不过，卞先生很谦虚，他有许多剧文其实读起来还是称得上诗体的。原因是什么？原因是他注意到了笔者上文提到的两点：第一，诗的措辞；第二，诗的节奏。只不过他迫于某些客观原因，并没有自始至终侧重这方面的追求而已。

显然，一些译本翻译了莎士比亚的剧文，在行数上靠近莎士比亚原作，措辞也还流畅。这些是不是就是理想的诗体莎士比亚译本呢？笔者认为，这还不够。什么是诗，对于中国人来说有几千年的历史，我们不

---

1 卞之琳:《莎士比亚悲剧四种》，方志出版社，2007 年，第 4 页。

能脱离这个悠久的传统来讨论这个问题。为此，我们不得不重新提到一些基本概念：什么是诗？什么是诗歌翻译？

诗歌是语言艺术，诗歌翻译也就必须是语言艺术

讨论诗歌翻译必须从讨论诗歌开始。

诗主情。诗言志。诚然。但诗歌首先应该是一种精妙的语言艺术。同理，诗歌的翻译也就不得不首先表现为同类精妙的语言艺术。若译者的语言平庸而无光彩，与原作的语言艺术程度差距太远，那就最多只是原诗含义的注释性文字，算不得真正的诗歌翻译。

那么，何谓诗歌的语言艺术？

无他，修辞造句、音韵格律一整套规矩而已。无规矩不成方圆，无限制难成大师。奥运会上所有的技能比赛，无不按照特定的规矩来显示参赛者高妙的技能。德国诗人歌德（Johann Wolfgang von Goethe）《自然和艺术》（"Natur und Kunst"）一诗最末两行亦彰扬此理：

非限制难见作手，
唯规矩予人自由。[1]

艺术家的"自由"，得心应手之谓也。诗歌既为语言艺术，自然就有一整套相应的语言艺术规则。诗人应用这套规则时，一旦达到得心应手的程度，那就是达到了真正成熟的境界。当然，规矩并非一点都不可打破，但只有能够将规矩使用到随心所欲而不逾矩的程度的人，才真正有资格去创立新规矩，丰富旧规矩。创新是在承传旧规则长处的基础上来进行的，而不是完全推翻旧规则，肆意妄为。事实证明，在语言艺术上

---

1 In der Beschränkung zeigt sich erst der Meister, / Und das Gesetz nur kann uns Freiheit geben. 参见 http://www.business-it.nl/files/7d413a5dca62fc735a072b16fbf050b1-27.php.

凡无视积淀千年的诗歌语言规则，随心所欲地巧立名目、乱行胡来者，
永不可能在诗歌语言艺术上取得大的成就，所以歌德认为：

> 若徒有放任习性，
> 则永难至境遨游。[1]

诗歌语言艺术如此需要规则，如此不可放任不羁，诗歌的翻译自然
也同样需要相类似的要求。这个要求就是笔者前面提出的主张：若原诗
是精妙的语言艺术，则理论上说来，译诗也应是同类精妙的语言艺术。

但是，"同类"绝非"同样"。因为，由于原作和译作使用的语言载
体不一样，其各自产生的语言艺术规则和效果也就各有各的特点，大多
不可同样复制、照搬。所以译作的最高目标，是尽可能在译入语的语言
艺术领域达到程度大致相近的语言艺术效果。这种大致相近的艺术效果
程度可叫作"最佳近似度"。它实际上也就是一种翻译标准，只不过针
对不同的文类，最佳近似度究竟在哪些因素方面可最佳程度地（并不一
定是最大程度地）取得近似效果，不是一成不变的，而是具有高度的灵
活性。不同的文类，甚至针对不同的受众，我们都可以设定不同的最佳
近似度。这点在拙著《中西诗比较鉴赏与翻译理论》（清华大学出版社，
2010 年）的相关章节中有详细的厘定，此不赘。

话与诗的关系：话不是诗

古人的口语本来就是白话，与现在的人说的口语是白话一个道理。

---

1 Vergebens werden ungebundene Geister / Nach der Vollendung reiner Höhe streben.
  参 见 http://www.cosmiq.de/qa/show/3454062/Vergebens-werden-ungebundne-Geister-
  Nach-der-Vollendung-reiner-Hoehe-streben-Was-ist-die-Bedeutung-dieser-2-Verse-Ich-komm-
  nicht-drauf/t.

正因为白话太俗，不够文雅，古人慢慢将白话进行改进，使它更加规范、更加准确，并且用语更加丰富多彩，于是文言产生。在文言的基础上，还有更文的文字现象，那就是诗歌，于是诗歌产生。所以就诗歌而言，文言味实际上就是一种特殊的诗味。文言有浅近的文言，也有佶屈聱牙的文言。中国传统诗歌绝大多数是浅近的文言，但绝非口语、白话。诗中有话的因素，自不待言，但话的因素往往正是诗试图抑制的成分。

文言和诗歌的产生是低俗的口语进化到高雅、准确层次的标志。文言和诗歌的进一步发展使得语言的艺术性愈益增强。最终，文言和诗歌完成了艺术性语言的结晶化定型。这标志着古代文学和文学语言的伟大进步。《诗经》、楚辞、唐诗、宋词、元明戏曲，以及从先秦、汉、唐、宋、元至明清的散文等，都是中国语言艺术逐步登峰造极的明证。

人们往往忘记：话不是诗，诗是话的升华。话据说至少有**几十万年**的历史，而诗却只有**几千年**的历史。白话通过漫长的岁月才升华成了诗。因此，从理论上说，白话诗不是最好的诗，而只是低层次的、初级的诗。当一行文字写得不像是话时，它也许更像诗。"太阳落下山去了"是话，硬说它是诗，也只是平庸的诗，人人可为。而同样含义的"白日依山尽"不像是话，却是真正的诗，非一般人可为，只有诗人才写得出。它的语言表达方式与一般人的通用白话脱离开来了，实现了与通用语的偏离（deviation from the norm）。这里的通用语指人们天天使用的白话。试想把唐诗宋词译成白话，还有多少诗味剩下来？

谢谢古代先辈们一代又一代、不屈不挠的努力，话终于进化成了诗。

但是，20 世纪初一些激进的中国学者鼓荡起一场声势浩大的白话文运动。

客观说来，用白话文来书写、阅读自然科学和人文科学文献，例如哲学、政治学、伦理学、经济学等等文献，这都是**伟大的进步**。这个进步甚至可以上溯到八百多年前朱熹等大学者用白话体文章传输理学思想。对此笔者非常拥护，非常赞成。

但是约一百年前的白话诗运动却未免走向了极端，事实上是一种语言艺术方面的倒退行为。已经高度进化的诗词曲形式被强行要求返祖回归到三千多年前的类似白话的状态，已经高度语言艺术化了的诗被强行要求退化成话。艺术性相对较低的白话反倒成了正统，艺术性较高的诗反倒成了异端。其实，容许口语类白话诗和文言类诗并存，这才是正确的选择。但一些激进学者故意拔高白话地位，在诗歌创作领域搞成白话至上主义，这就走上了极端主义道路。

这个运动影响到诗歌翻译的结果是什么呢？结果是西方所有的大诗人，不论是古代的还是近代的，如荷马（Homer）、但丁（Dante）、莎士比亚、歌德、雨果（Victor Hugo）、普希金（Alexander Pushkin）……都莫名其妙地似乎用同一支笔写出了 20 世纪初才出现的味道几乎相同的白话文汉诗！

将产生这种极端性结果的原因再回推，我们会清楚地明白，当年的某些学者把文学艺术简单雷同于人文社会科学，误解了文学艺术，尤其是诗歌艺术的特殊性质，误以为诗就是话，混淆了诗与话的形式因素。

针对莎士比亚戏剧诗的翻译对策

由上可知，莎士比亚的剧文既然大多是格律诗，无论有韵无韵，它们都是诗，都有格律性。因此在汉译中，我们就有必要显示出它具有格律性，而这种格律性就是诗性。

问题在于，格律性是附着在语言形式上的；语言改变了，附着其上的格律性也就大多会消失。换句话说，格律大多不可复制或模仿，这就正如用钢琴弹不出二胡的效果，用古筝奏不出黑管的效果一样。但是，原作的内在旋律是可以模仿的，只是音色变了。原作的诗性是可以换个形式营造的，这就是利用汉语本身的语言特点营造出大略类似的语言艺术审美效果。

由于换了另外一种语言媒介，原作的语音美设计大多已经不能照搬、复制，甚至模拟了，那么我们就只好断然舍弃掉原作的许多语音美设计，而代之以译入语自身的语言艺术结构产生的语音美艺术设计。当然，原作的某些语音美设计还是可以尝试模拟保留的，但在通常的情况下，大多数的语音美已经不可能传输或复制了。

利用汉语本身的语音审美特点来营造莎士比亚诗歌的汉译语音审美效果，是莎士比亚作品翻译的一个有效途径。机械照搬原作的语音审美模式多半会失败，并且在大多数的场合下也没有必要。

具体说来，这就涉及翻译莎士比亚戏剧作品时该如何处理：1) 节奏；2) 韵律；3) 措辞。笔者主张，在这三个方面，我们都可以适当借鉴利用中国古代词曲体的某些因素。戏剧剧文中的诗行一般都不宜多用单调的律诗和绝句体式。元明戏剧为什么没有采用前此盛行的五言或七言诗行而采用了长短错杂、众体皆备的词曲体？这是一种艺术形式发展的必然。元明曲体由于要更好更灵活地满足抒情、叙事、论理等诸多需要，故借用发展了词的形式，但不是纯粹的词，而是融入了民间语汇。词这种形式涵盖了一言、二言、三言、四言、五言、六言、七言、八言……乃至十多言的长短句式，因此利于表达变化莫测的情、事、理。从这个意义上看，莎士比亚剧文语言单位的参差不齐状态与中文词曲体句式的参差不齐状态正好有某种相互呼应的效果。

也许有人说，莎士比亚的剧文虽然是格律诗，但并不怎么押韵，因此汉诗翻译也就不必押韵。这个说法也有一定道理，但是道理并不充实。

首先，我们应该明白，既然莎士比亚的剧文是诗体，人们读到现今的散体译文或不押韵的分行译文却难以感受到其应有的诗歌风味，原因即在于其音乐性太弱。如果人们能够照搬莎士比亚素体诗所惯常用的音步效果及由此引起的措辞特点，当然更好。但事实上，原作的节奏效果是印欧语系语言本身的效果，换了一种语言，其效果就大多不能搬用了，所以我们只好利用汉语本身的优势来创造新的音乐美。这种音乐美很难说是原作的音乐美，但是它毕竟能够满足一点：即诗体剧文应该具有诗歌应有的音乐美这个起码要求。而汉译的押韵可以强化这种音乐美。

其次，莎士比亚的剧文不押韵是由诸多因素造成的。第一，属于印欧语系语言的英语在押韵方面存在先天的多音节不规则形式缺陷，导致押韵词汇范围相对较窄。所以对于英国诗人来说，很苦于押韵难工；莎士比亚的许多押韵体诗，例如十四行诗，在押韵方面都不很工整。其次，莎士比亚的剧文虽不押韵，却在节奏方面十分考究，这就弥补了音韵方面的不足。第三，莎士比亚的剧文几乎绝大多数是诗行，对于剧作者来说，每部长达两三千行的诗行行都要押韵，这是一个极大的挑战，很难完成。而一旦改用素体，剧作者便会轻松得多。但是，以上几点对于汉语译本则不是一个问题。汉语的词汇及语音构成方式决定了它天生就是一种有利于押韵的艺术性语言。汉语存在大量同韵字，押韵是一件很容易的事情。汉语的语音音调变化也比莎士比亚使用的英语的音调变化空间大一倍以上。汉语音调至少有四种（加上轻重变化可达六至八种），而英语的音调主要局限于轻重语调两种，所以存在于印欧语系文字诗歌中的频频押韵有时会产生的单调感，在汉语中会在很大程度上由于语调的多变而得到缓解。故汉语戏剧剧文在押韵方面有很大的潜在优势空间，实际上元明戏剧剧文频频押韵就是证明。

第三，莎士比亚的剧文虽然很多不押韵，但却具极强的节奏感。他惯用的格律多半是抑扬格五音步（iambic pentameter）诗行。如果我们在节奏方面难以传达原作的音美，或者可以通过韵律的音美来弥补节奏美的丧失，这种翻译对策谓之堤内损失堤外补，亦谓失之东隅，收之桑榆。我们的语言在某方面有缺陷，可以通过另一方面的优点来弥补。当然，笔者主张在一定程度上借鉴利用传统词曲的风味，却并不主张使用宋词、元曲式的严谨格律，而只是追求一种过分散文化和过分格律化之间的妥协状态。有韵但是不严格，要适当注意平仄，但不过多追求平仄效果及诗行的整齐与否；不必有太固定的建行形式，只是根据诗歌本身的内容和情绪赋予适当的节奏与韵式。在措辞上则保持与白话有一段距离，但是绝非佶屈聱牙的文言，而是趋近典雅、但普通读者也能读懂的语言。

　　最后，根据翻译标准多元互补论原理，由于莎士比亚作品在内容、形式及审美效应方面具有多样性，因此，只用一种类乎纯诗体译法来翻译所有的莎士比亚剧文，也是不完美的，因为单一的做法也许无形中堵塞了其他有益的审美趣味通道。因此，这套译本的译风虽然整体上强调诗化、诗味，但是在营造诗味的途径和程度上不是单一的。我们允许诗体译风的灵活性和创新性。多译者译法实际上也是在探索诗体译法的诸多可能性，这为我们将来进一步改进这套译本铺垫了一条较宽的道路。因此，译文从严格押韵、半押韵到不押韵的各个程度，译本都有涉猎。但是，无论是否押韵，其节奏和措辞应该总是富于诗意，这个要求则是统一的。这是我们对皇家版《莎士比亚全集》译本的语言和风格要求。不能说我们能完全达到这个目标，但我们是往这个方向努力的。正是这样的努力，使这套译本与前此译本有很大的差异，在一定的意义上来说，标志着中国莎士比亚著作翻译的一次大转折。

翻译突破：还原莎士比亚作品禁忌区域

　　另有一个课题是中国学者从前讨论得比较少的禁忌领域，即莎士比亚著作中的性描写现象。

许多西方学者认为，莎士比亚酷爱色情字眼，他的著作渗透着性描写、性暗示。只要有机会，他就总会在字里行间，用上与性相联系的双关语。西方人很早就搜罗莎士比亚著作的此类用语，编纂了莎士比亚淫秽用语词典。这类词典还不止一种。1995 年，我又看到弗朗基·鲁宾斯坦（Frankie Rubinstein）等编纂了《莎士比亚性双关语释义词典》（*A Dictionary of Shakespeare's Sexual Puns and Their Significance*），厚达 372 页。

赤裸裸的性描写或过多的淫秽用语在传统中国文学作品中是受到非议的，尽管有《金瓶梅》这样被判为淫秽作品的文学现象，但是中国传统的主流舆论还是抑制这类作品的。莎士比亚的作品固然不是通常意义上的淫秽作品，但是它的大量实际用语确实有很强的色情味。这个极鲜明的特点恰恰被前此的所有汉译本故意掩盖或在无意中抹杀掉。莎士比亚的所有汉译者，尤其是像朱生豪先生这样的译者，显然不愿意中国读者看到莎士比亚的文笔有非常泼辣的大量使用性相关脏话的特点。这个特点多半都被巧妙地漏译或改译。于是出现一种怪现象，莎士比亚著作中有些大段的篇章变成汉语后，尽管读起来是通顺的，读者对这些话语却往往感到莫名其妙。以《罗密欧与朱丽叶》第一幕第一场前面的 30 行台词为例，这是凯普莱特家两个仆人山普孙与葛莱古里之间的淫秽对话。但是，读者阅读过去的汉译本时，很难看到他们是在说淫秽的脏话，甚至会认为这些对话只是仆人之间的胡话，没有什么意义。

不过，前此的译本对这类用语和描写的态度也并不完全一样，而是依据年代距离在逐步改变。朱生豪先生的译本对这些东西删除改动得最多，梁实秋先生已经有所保留，但还是有节制。方平先生等的译本保留得更多一些，但仍然持有相当的保留态度。此外，从英语的不同版本看，有的版本注释得明白，有的版本故意模糊，有的版本注释者自己也没有弄懂这些双关语，那就更别说中国译者了。

在这一点上，我们目前使用的皇家版《莎士比亚全集》是做得最好的。

那么，我们该怎样来翻译莎士比亚的这种用语呢？是迫于传统中国道德取向的习惯巧妙地回避，还是尽可能忠实地传达莎士比亚的本真用意？我们认为，前此的译本依据各自所处时代的中国人道德价值的接受状态，采用了相应的翻译对策，出现了某种程度的曲译，这是可以理解的，是特定历史条件下的产物。但是，历史在前进，中国人的道德观已经有了很大的改变，尤其是在性禁忌领域。说实话，无论我们怎样真实地还原莎士比亚著作中的性双关描写，比起当代文学作品中有时无所忌讳的淫秽描写来，莎士比亚还真是有小巫见大巫的感觉。换句话说，目前中国人在这方面的外来道德价值接受状态，已经完全可以接受莎士比亚著作中的性双关用语了。因此，我们的做法是尽可能真实还原莎士比亚性相关用语的现象。在通常的情况下，如果直译不能实现这种现象的传输，我们就采用注释。可以说，在这方面，目前这个版本是所有莎士比亚汉译本中做得最超前的。

译法示例

莎士比亚作品的文字具有多种风格，早期的、中期的和晚期的语言风格有明显区别，悲剧、喜剧、历史剧、十四行诗的语言风格也有区别。甚至同样是悲剧或喜剧，莎士比亚的语言风格往往也会很不相同。比如同样是属于悲剧，《罗密欧与朱丽叶》剧文中就常常有押韵的段落，而大悲剧《李尔王》却很少押韵；同样是喜剧，《威尼斯商人》是格律素体诗，而《快乐的温莎巧妇》却大多是散文体。

与此现象相应，我们的翻译当然也就有多种风格。虽然不完全一一对应，但我们有意避免将莎士比亚著作翻译成千篇一律的一种文体。从这个意义上说，皇家版《莎士比亚全集》汉译本在某些方面采用了全新的译法。这种全新译法不是孤立的一种译法，而是力求展示多种翻译风格、多种审美尝试。多样化为我们将来精益求精提供了相对更多的选择。如果现在固定为一种单一的风格，那么将来要想有新的突破，就困难了。概括说来，我们的多种翻译风格主要包括：1) 有韵体诗词曲风味译法；2) 有韵体现代文白融合译法；3) 无韵体白话诗译法。下面依次选出若干相应风格的译例，供读者和有关方面品鉴。

一、有韵体诗词曲风味译法

有韵体诗词曲风味译法注意使用一些传统诗词曲中诗味比较浓郁的词汇，同时注意遣词不偏僻，节奏比较明快，音韵也比较和谐。但是，它们并不是严格意义上的传统诗词曲，只是带点诗词曲的风味而已。例如：

女巫甲　何时我等再相逢？

　　　　闪电雷鸣急雨中？

女巫乙　待到硝烟烽火静，

　　　　沙场成败见雌雄。

女巫丙　残阳犹挂在西空。　　　　　　　　（《麦克白》第一幕第一场）

小丑甲　当时年少爱风流，

　　　　有滋有味有甜头；

　　　　行乐哪管韶华逝，

　　　　天下柔情最销愁。　　　　　　　　（《哈姆莱特》第五幕第一场）

朱丽叶　天未曙，罗郎，何苦别意匆忙？

　　　　鸟音啼，声声亮，惊骇罗郎心房。

　　　　休听作破晓云雀歌，只是夜莺唱，

　　　　石榴树间，夜夜有它设歌场。

　　　　信我，罗郎，端的只是夜莺轻唱。

罗密欧　不，是云雀报晓，不是莺歌，

　　　　看东方，无情朝阳，暗洒霞光，

　　　　流云万朵，镶嵌银带飘如浪。

　　　　星斗如烛，恰似残灯剩微芒，

　　　　欢乐白昼，悄然驻步雾嶂群岗。

　　　　奈何，我去也则生，留也必亡。

朱丽叶　听我言，天际微芒非破晓霞光，

　　　　只是金乌，吐射流星当空亮，

　　　　似明炬，今夜为郎，朗照边邦，

　　　　何愁它曼托瓦路，漫远悠长。

　　　　且稍待，正无须行色皇皇仓仓。

罗密欧　纵身陷人手，蒙斧钺加诛于刑场；

　　　　只要这勾留遂你愿，我欣然承当。

　　　　让我说，那天际灰朦，非黎明醒眼，

　　　　乃月神眉宇，幽幽映现，淡淡辉光；

　　　　那歌鸣亦非云雀之讴，哪怕它

　　　　嚣然振动于头上空冥，嘹亮高亢。

　　　　我巴不得栖身此地，永不他往。

　　　　来吧，死亡！倘朱丽叶愿遂此望。

　　　　如何，心肝？畅谈吧，趁夜色迷茫。

　　　　　　　　　（《罗密欧与朱丽叶》第三幕第五场）

二、有韵体现代文白融合译法

有韵体现代文白融合译法的特点是：基本押韵，措辞上白话与文言尽量能够水乳交融；充分利用诗歌的现代节奏感，俾便能够念起来朗朗上口。例如：

哈姆莱特 死，还是生？这才是问题根本：

莫道是苦海无涯，但操戈奋进，

终赢得一片清平；或默对逆运，

忍受它箭石交攻，敢问，

两番选择，何为上乘？

死灭，睡也，倘借得长眠

可治心伤，愈千万肉身苦痛痕，

则岂非美境，人所追寻？死，睡也，

睡中或有梦魇生，唉，症结在此；

倘能撒手这碌碌凡尘，长入死梦，

又谁知梦境何形？念及此忧，

不由人踌躇难定：这满腹疑情

竟使人苟延年命，忍对苦难平生。

假如借短刀一柄，即可解脱身心，

谁甘愿受人世的鞭挞与讥评，

强权者的威压，傲慢者的骄横，

失恋的痛楚，法律的耽延，

官吏的暴虐，甚或默受小人

对贤德者肆意拳脚加身？

谁又愿肩负这如许重担，

流汗、呻吟，疲于奔命，

倘非对死后的处境心存疑云，

惧那未经发现的国土从古至今
无孤旅归来，意志的迷惘
使我辈宁愿忍受现世的忧闷，
而不敢飞身投向未知的苦境？
前瞻后顾使我们全成懦夫，
于是，本色天然的决断决行，
罩上了一层思想的惨淡余阴，
只可惜诸多待举的宏图大业，
竟因此如逝水忽然转向而行，
失掉行动的名分。　　　　　（《哈姆莱特》第三幕第一场）

麦克白　　若做了便是了，则快了便是好。
若暗下毒手却能横超果报，
割人首级却赢得绝世功高，
则一击得手便大功告成，
千了百了，那么此际此宵，
身处时间之海的沙滩、岸畔，
何管它来世风险逍遥。但这种事，
现世永远有裁判的公道：
教人杀戮之策者，必受杀戮之报；
给别人下毒者，自有公平正义之手
让下毒者自食盘中毒肴。　　　　　（《麦克白》第一幕第七场）

损神，耗精，愧煞了浪子风流，
都只为纵欲眠花卧柳，
阴谋，好杀，赌假咒，坏事做到头；

心毒手狠，野蛮粗暴，背信弃义不知羞。

才尝得云雨乐，转眼意趣休。

舍命追求，一到手，没来由

便厌腻个透。呀恰，恰像是钓钩，

但吞香饵，管教你六神无主不自由。

求时疯狂，得时也疯狂，

曾有，现有，还想有，要玩总玩不够。

适才是甜头，转瞬成苦头。

求欢同枕前，梦破云雨后。

唉，普天下谁不知这般儿歹症候，

却避不得便往这通阴曹的天堂路儿上走！

（十四行诗第一百二十九首）

三、无韵体白话诗译法

无韵体白话诗译法的特点是：虽然不押韵，但是译文有很明显的和谐节奏，措辞畅达，有诗味，明显不是普通的口语。例如：

贡妮芮　父亲，我爱您非语言所能表达；

胜过自己的眼睛、天地、自由；

超乎世上的财富或珍宝；犹如

德貌双全、康强、荣誉的生命。

子女献爱，父亲见爱，至多如此；

这种爱使言语贫乏，谈吐空虚：

超过这一切的比拟——我爱您。（《李尔王》第一幕第一场）

李尔　国王要跟康沃尔说话，慈爱的父亲

要跟他女儿说话，命令、等候他们服侍。

这话通禀他们了吗？我的气血都飙起来了！
火爆？火爆公爵？去告诉那烈性公爵——
不，还是别急：也许他是真不舒服。
人病了，常会疏忽健康时应尽的
责任。身子受折磨，
逼着头脑跟它受苦，
人就不由自主了。我要忍耐，
不再顺着我过度的轻率任性，
把难受病人偶然的发作，错认是
健康人的行为。我的王权废掉算了！
为什么要他坐在这里？这种行为
使我相信公爵夫妇不来见我
是伎俩。把我的仆人放出来。
去跟公爵夫妇讲，我要跟他们说话，
现在就要。叫他们出来听我说，
不然我要在他们房门前打起鼓来，
不让他们好睡。　　　　　　（《李尔王》第二幕第二场）

奥瑟罗　　诸位德高望重的大人，
　　　　　　我崇敬无比的主子，
　　　　　　我带走了这位元老的女儿，
　　　　　　这是真的；真的，我和她结了婚，说到底，
　　　　　　这就是我最大的罪状，再也没有什么罪名
　　　　　　可以加到我头上了。我虽然
　　　　　　说话粗鲁，不会花言巧语，
　　　　　　但是七年来我用尽了双臂之力，

直到九个月前，我一直
都在战场上拼死拼活，
所以对于这个世界，我只知道
冲锋向前，不敢退缩落后，
也不会用漂亮的字眼来掩饰
不漂亮的行为。不过，如果诸位愿意耐心听听，
我也可以把我没有化装掩盖的全部过程，
一五一十地摆到诸位面前，接受批判：
我绝没有用过什么迷魂汤药、魔法妖术，
还有什么歪门邪道——反正我得到他的女儿，
全用不着这一套。　　　　（《奥瑟罗》第一幕第三场）

目　录

《暴风雨》导言

　　《暴风雨》几乎可以肯定是莎士比亚独立完成的最后一出戏。我们不知道他是否预期如此。这出戏也是印在第一对开本的第一个剧本。我们也不知道它得到如此尊贵的地位，是因为对开本的编辑把它当作展示品——大师艺术的总和之作——还是为了更为平凡的理由：他们手头有抄写员拉尔夫·克兰（Ralph Crane）的干净文本，排版者要着手排版莎士比亚近乎百万字的浩大工程，从这本起可以有个比较容易的开始。无论它的位置来自无心抑或刻意的安排，自19世纪初期以来，《暴风雨》成于莎士比亚写作生涯之终、又置于作品集之首的事实，大大影响了后世对这出戏的反应。它已经被视为诠释莎士比亚的试金石。

　　本剧内容集中于支配与统治的问题。在开场的暴风雨中，正常的社会秩序大乱：水手长命令廷臣，因为知道咆哮的海浪根本不在乎"什么国王"。之后，第一幕第二场中详细展开的背景故事，揭露了不尊重公爵名号的阴谋家：我们得知普洛斯彼罗失去了米兰的权力，但补偿式地得以控制岛上的爱丽儿和凯列班。腓迪南和米兰达的同心结则指向米兰与那不勒斯未来的统治。还有更进一步的政治算计：西巴斯辛与安东尼奥计划谋杀阿隆佐国王和忠厚大臣贡柴罗；低贱出身的角色想要推翻普洛斯彼罗，让酗酒的司膳官斯丹法诺当岛上的国王。普洛斯彼罗在爱丽儿和岛上其他精灵协助下，演出了一幕幕精彩的戏——使谋反者动弹不得，鸟身女妖与消失的盛筵，众女神及农民的假面剧，那对小情人对弈的情景——这些都有助于报复过去的罪愆，恢复当前的秩序，并预备和谐的来日。工作完毕之后，爱丽儿获得释放（心痛啊[1]），而普洛斯彼罗也在精神上做好了死亡的准备。甚至凯列班都要"寻求恩典"。

然而莎士比亚从来都不爱简单。普洛斯彼罗以戏法变出暴风雨，把宫廷的达官贵人带到这座岛，主要是为了强迫他那篡位的弟弟安东尼奥悔罪。可是，到了两人面对面的高潮时刻，对普洛斯彼罗的饶恕与要求，安东尼奥却连一个字都没有回应。他完全没有以阿隆佐在前面几行的表现为榜样而仿效之。至于安东尼奥的共犯西巴斯辛，竟然还胆敢说普洛斯彼罗魔法般的先见之明是仗着邪魔之力。普洛斯彼罗能力再大，也无法预料或掌控人性。如果原本没有良心，以后也无法创造出良心。

塞缪尔·泰勒·柯尔律治（Samuel Taylor Coleridge）[2]把普洛斯彼罗描述为"简直就是风暴中的莎士比亚本人"。换句话说，戏中主角在开场中变出暴风雨，正如剧作家变出这部戏的整个世界。普洛斯彼罗的法术驾驭了自然力量，好引领其他意大利角色加入他的放逐世界；同样地，莎士比亚的艺术先把舞台变成一艘大海中的船，然后又变成"无人的荒岛"。"法术"乃是这出戏的关键词眼。凯列班是普洛斯彼罗的"他者"，因为他代表自然状态。在达尔文主义盛行的19世纪，他被重塑为人类与我们动物祖先之间过渡时期"缺失的那一环"。

普洛斯彼罗的背景故事道出了从训练统治者的"人文素养"到比较危险的魔幻"法术"的变化过程。在莎士比亚时代，魔法的思维普遍存在。人人从小都相信自然界之外另有一个世界，就是灵魂与妖怪的世界。

1　或因普洛斯彼罗舍不得爱丽儿。——译者附注

2　柯尔律治（1772—1834）：英国诗人、评论家。——译者附注

"自然"与"妖魔"乃是研究及操弄超自然现象的两大支派。魔法（magic）即是对隐秘事物的认知和制造奇迹的法术。某些人认为，这是自然哲学的最高形式：这个词源于 *magia*，在古波斯语里意思是"智慧"；众人称之为"神秘哲学"。它假设有不同层级的力量，从不具形体的（"智性的"）天使魂灵到天上恒星和行星的世界，再到地球事物及其形体的变化。魔法师上达高阶力量的知识，以人为方式将这些能力带下来，制造出奇妙的效果。科尼利厄斯·阿格里帕（Cornelius Agrippa）[1] 是《论神秘哲学》（*De occulta philosophia*）一书的作者，主张必须有"仪式魔法"才能达到超越星球的天使智慧。这是最高也最危险的活动层次，因为——诚如同克里斯托弗·马洛（Christopher Marlowe）[2] 笔下的浮士德博士（Dr. Faustus）的发现——太容易变出魔鬼而不是天使。比较普通的"自然魔法"需要"媒合"天地，与星体和物质世界元素之间的奇幻链接同工。历久不衰的星象影响观念乃是这种思维模式的残留。对文艺复兴时代的智者，例如在米兰从业的吉罗拉莫·卡尔达诺（Girolamo Cardano）[3] 而言，医学、自然哲学、数学、星象学以及解梦都是紧密相连的。

　　然而自然魔法始终无法躲开它的妖魔阴影。有一个像阿格里帕或卡尔达诺这样博学的智者，就有一千个乡下"智婆"从事民俗医疗和算命。后者在前现代时期常常被妖魔化为女巫，要为歉收、牲畜疾病及其他病痛负责。普洛斯彼罗强调他自己的白色魔法有别于凯列班母亲西考拉克斯的黑色魔法，不过在这出戏里，两者十分相似。他之所以从米兰被放逐到岛上，是因为专注于自己的秘密研究，从而给予了安东尼奥篡夺大公国的可乘之机，而西考拉克斯之所以从阿尔及尔放逐到岛上，是

1　阿格里帕（1486—1535）：德国医生、神学家、神秘学家。——译者附注
2　马洛（1564？—1593）：英国伊丽莎白时期剧作家、诗人。——译者附注
3　卡尔达诺（1501—1576）：意大利医生、数学家、占星术家。——译者附注

因为被控施行巫术；他带着他的幼女来，而西考拉克斯来的时候，肚里怀着据说是跟魔鬼搞出来的孩子。两者都能指挥海潮，操控以爱丽儿为代表的精灵世界。普洛斯彼罗要放弃他的魔法时，用来描述法力的词语是借自另一个女巫——奥维德（Ovid）的古代神话故事巨著《变形记》（*Metamorphoses*）里的美狄亚（Medea）。在某个层次上，普洛斯彼罗表达了他跟西考拉克斯之间的亲缘关系，他说凯列班"这个妖怪嘛，我 / 承认是我的"。此处主语和动词在行尾分开，表明承认之前稍有犹豫：这是莎士比亚后期灵活运用抑扬格五音步手法的极端例子。

莎士比亚喜爱制造对立，再把他的黑与白淡化成复杂道德里的灰色区块。在米兰，普洛斯彼罗对人文素养的内观研究使他失去权位，并促成暴政。在岛上，他企图以他所学来弥补过失，利用正向的魔法带来悔罪、收复大公国，并且打造一个王朝的婚姻。然而在第五幕开始时，他醒悟到真正的人性不在于运用智慧统治，而在于实践更为严谨的基督徒式的德行。对 16 世纪的人文主义者来说，君王的德行教育就是为了政治目的而修养智慧、宽宏、节制、正直。对普洛斯彼罗而言，最终真正重要的是仁慈。而这是师父从徒弟那里学到的：正是爱丽儿教了普洛斯彼罗"情感"的道理，而不是相反。

爱丽儿代表火与空气、和谐与音乐、耿耿忠心。凯列班属土，关乎纷争、醉酒和反叛。爱丽儿的表达工具是雅致的诗，凯列班的则大多是粗鲁乃至猥亵的散文，一如弄臣特林鸠罗和醉汉司膳官斯丹法诺。然而，令人讶异的是，剧中最美丽的诗句乃是凯列班听到爱丽儿的音乐时所说的。即便是用散文，凯列班亦与自然环境有一种美妙的协调：他知道岛上每一个角落、每一种生物。普洛斯彼罗说他是"魔鬼，天生的魔鬼，对他的本性 / 教化根本是白搭"，然而就在下一句台词里，凯列班上场时说："拜托，脚步轻些，免得这只瞎眼的鼹鼠听到脚步声"，如此富有想象力的语言，立即否定了普洛斯彼罗的断言。

凯列班据称曾要性侵米兰达，可见普洛斯彼罗想驯服这个"怪物仆"、教育他具有人性的意图是失败的。然而这失败是谁的责任？问题会不会出在普洛斯彼罗想要灌输到凯列班记忆里的内容上，而非后者的天性？一开始，凯列班欢迎普洛斯彼罗到岛上来，主动与他分享岛上水果——正如蒙田（Montaigne）散文《论食人部族》（"Of the Cannibals"）里所写的"高贵的野蛮人"那样（那篇文章是莎士比亚剧中引用的另一来源：贡柴罗治理本岛的乌托邦式"黄金时代"理想便是采自蒙田作品的英译本）。凯列班只不过表现出普洛斯彼罗印刻在他身上的那种低贱而已；使凯列班"污秽"的，可能是普洛斯彼罗说他是"秽物"的教导。

凯列班了解书的重要性：正如现代政变领导者首先要占据电视台，他强调反叛普洛斯彼罗必须从夺取他的书籍开始。然而斯丹法诺另有其书。他对凯列班说："这东西能叫您说话"——他复制普洛斯彼罗通过语言取得控制的手法，不过是以另一种模式。文本的灌输被美酒的熏陶取代：所亲吻的书乃是酒瓶。如此一来，莎士比亚的场景对位技法营造出对话精神，质疑了普洛斯彼罗的书籍使用。若说斯丹法诺和特林鸠罗以酒精达成普洛斯彼罗以教导所达成的目的（两者都说服凯列班服役并分享岛上的果实），这岂不是显出教导有可能只是社会控制的工具而已？普洛斯彼罗时常似对他以教学建立的权力结构较感兴趣，胜过他教导的实质内容。很难看出逼腓迪南搬运木柴是为了教诲德行；目的其实是要他臣服。

来到一个没有欧洲人居住的岛屿，谈论"殖民地"，与一个"野人"相遇并用酒精交换生存技能，在语言学习过程中确立谁是主、谁是奴，担心奴仆会使主人的女儿受孕，欲使野蛮人寻求基督教的"恩典"（但又提议把他运到英格兰展示获利），提到百慕大危险的气候以及一个"华丽新世界"：在所有这些方面，《暴风雨》都唤起了欧洲的殖民主义精神。

莎士比亚与弗吉尼亚公司的成员有联系。该公司奉王室之命成立于1606年，为次年在美洲建立詹姆斯敦殖民地起了重要作用。1610年秋，有一封信寄达英格兰，描述派往增援殖民地的舰队在加勒比海被暴风雨吹散；搭载新总督的那艘船被吹到百慕大，船员和乘客都在那里过冬。虽然那封信当时没有出版，手稿却流传开来，至少引发两本小册子讨论这些事件。学者们为莎士比亚究竟直接引用了其中多少材料而争论不休，但暴风雨及岛屿的某些细节好像是从中取材。毋庸置疑的是：总督及其团队看似奇迹般幸存，同时他们在巴哈马群岛发现的富饶环境，乃是本剧写作之时的公众流行话题。

大英帝国、奴隶贩卖、东西海路运送香料带来的财富——这些是后来的事。莎士比亚的戏设定在地中海，不在加勒比海。凯列班严格说来不能算是岛上的原住民。然而这出戏直觉地感知殖民时期占有与驱离的动能，剧力万钧，不可思议；所以1950年奥克塔夫·曼诺尼（Octave Mannoni）[1]写的《殖民地化进程中的心理学》（*The Psychology of Colonisation*）主张说，殖民过程的运作要经由一对精神官能症交互作用：于殖民者是"普洛斯彼罗情结"，于被殖民者是"凯列班情结"。就是为了回应曼诺尼，弗朗茨·法农（Frantz Fanon）[2]写了《黑皮肤，白面具》（*Black Skin, White Masks*），从而在很大程度上塑造了"后殖民"时代的知识领域。对20世纪后期许多以英文写作的加勒比海作家来说，《暴风雨》这出戏，尤其是凯列班这个人物，成为他们发现自己文学声音的焦点。这出戏与其说是对帝国历史的反思，毋宁说是对这段历史的预知——毕竟，普洛斯彼罗是被流放的人，不是冒险家。

1　曼诺尼（1899—1989）：法国精神分析学家、作家。——译者附注
2　法农（1925—1961）：出生于法属加勒比海岛屿马提尼克岛，精神分析学家、哲学家。——译者附注

国王剧团经常奉命在白厅御前献演，自然知道从 1608 年岁暮起，十几岁的伊丽莎白公主（Princess Elizabeth）就住在王宫里。她是有文化素养的少女，喜欢音乐和舞蹈，参与宫中节庆活动；1610 年在一出名叫《忒堤斯》（Tethys）[1] 的假面剧里担任舞者。假面剧由皇亲、廷臣、职业演员混搭演出，场面壮观，音乐精致，在那些年日是宫廷最时兴的表演。与莎士比亚亦友亦敌的本·琼森（Ben Jonson）[2] 和设计师伊尼戈·琼斯（Inigo Jones）[3] 合作，为自己打出当代首席假面剧作家的名号。1608 年，他引进"反假面剧"（或称"前假面剧"），让丑怪人物，即所谓"怪胎"，在优雅、和谐的假面剧演出之前狂舞一番。莎士比亚也采纳了当时的流行风尚，在《暴风雨》的戏中，加入了订婚的假面剧，以及凯列班、斯丹法诺和特林鸠罗三人闻马尿、偷窃晾衣绳上的衣服、遭群狗追逐的反假面闹剧。我们甚至觉得，普洛斯彼罗这个人物可能就是对本·琼森温和的诙谐模拟：他的戏剧想象受制于古典式对时间与场景统一性的要求（一如琼森），他也演出宫廷假面剧（一如琼森）。或许正因为如此，几年之后，琼森在他的《巴托罗缪市集》（Bartholomew Fair）里，戏仿《暴风雨》，作为回敬。

普洛斯彼罗的基督教语言在收场白中持续最久，然而他最后请求宽容的对象，不是上帝，而是观众。到了最后一刻，取代人文主义学术的，不是基督教信仰，而是戏剧的信念。因此，这出戏可以解读为莎士比亚为自己戏剧艺术的辩护——从浪漫主义时期以来，常常就是如此理解。不过，反讽的是，这出戏本身对书籍乃至于对剧场的功能十分怀疑。魔法书沉入大海，而假面剧及其演员也溶入空气之中，就像"无根的幻景"或一场梦。

---

1 忒堤斯为古希腊神话中的女海神之名。——译者附注
2 琼森（1572—1637）：英国剧作家、诗人、评论家。——译者附注
3 琼斯（1573—1652）：英国画家、建筑师、设计师。——译者附注

参考资料

剧情: 十二年前,在那不勒斯国王阿隆佐及其弟西巴斯辛协助下,米兰公爵普洛斯彼罗被他的弟弟安东尼奥篡了位。普洛斯彼罗及其幼女米兰达被流放大海,到达远方小岛。他在那里靠着魔法,统治精灵爱丽儿和野人凯列班。他利用法力呼风唤雨,使他的敌人遭遇船难,来到岛上。阿隆佐寻找儿子腓迪南,担心他已经淹死。西巴斯辛密谋杀害阿隆佐,夺取他的王位。酗酒的司膳官斯丹法诺和弄臣特林鸠罗遇见凯列班,听了他的劝说,要杀害普洛斯彼罗,好由他们来统治这座岛。腓迪南和米兰达相遇,两人一见钟情。普洛斯彼罗要考验腓迪南,命其做苦工;腓迪南通过考验,普洛斯彼罗为这对年轻情侣演了一出贺婚的假面剧。在普洛斯彼罗的计划接近高潮时,他正面质问敌人,并宽恕他们。普洛斯彼罗赐予爱丽儿自由,准备离开岛屿,返回米兰。

主要角色:(列有台词行数百分比/台词段数/上场次数)普洛斯彼罗(30%/115/5),爱丽儿(9%/45/6),凯列班(8%/50/5),斯丹法诺(7%/60/4),贡柴罗(7%/52/4),西巴斯辛(5%/67/4),安东尼奥(6%/57/4),米兰达(6%/49/4),腓迪南(6%/31/4),阿隆佐(5%/40/4),特林鸠罗(4%/39/4)。

语体风格: 诗体约占 80%,散体约占 20%。

创作年代: 1611 年。1611 年 11 月 1 日宫廷演出;使用的部分素材于 1610 年秋季以前并未问世。

取材来源：主要剧情不知取自何处，但暴风雨和岛屿的某些细节似乎来自威廉·斯特雷奇（William Strachey）所著《托马斯·盖茨爵士船难获救真实报导》(*A True Reportory of the Wreck and Redemption of Sir Thomas Gates, Knight*；写于 1610 年，收入 1625 年出版的《珀切斯游记》[*Purchas his Pilgrims*])，或许还有西尔韦斯特·乔丹（Sylvester Jourdain）的《百慕大发现记》(*A Discovery of the Bermudas*, 1610 年）以及弗吉尼亚公司发行的小册子《弗吉尼亚殖民地资产真实报告》(*A True Declaration of the Estate of the Colony in Virginia*, 1610 年）；有几处提到维吉尔（Virgil）[1] 的《埃涅阿斯纪》(*Aeneid*) 与奥维德的《变形记》，特别是在第五幕第一场模仿阿瑟·戈尔丁（Arthur Golding）1567 年翻译奥维德第七卷内美狄亚的咒文；贡柴罗在第二幕第一场关于"黄金时代"的说辞基于约翰·弗洛里奥（John Florio）1603 年所译蒙田《论食人部族》一文，两者十分接近。

文本：1623 年的第一对开本是唯一早期印刷本。所据为国王剧团所雇专业誊录员拉尔夫·克兰的抄写本。总体说来是高质量的印刷本。

乔纳森·贝特（Jonathan Bate）

---

1 维吉尔（前 70—前 19 ）：奥古斯都时代的古罗马诗人。——译者附注

暴风雨

普洛斯彼罗，合法的米兰公爵

米兰达，普洛斯彼罗之女

阿隆佐，那不勒斯国王

西巴斯辛，阿隆佐之弟

安东尼奥，普洛斯彼罗之弟，篡位的米兰公爵

腓迪南，那不勒斯国王之子

贡柴罗，忠诚的老枢密大臣

阿德里安和**弗兰西斯科**，两贵族

特林鸠罗，弄臣

斯丹法诺，酗酒的司膳官

船长

水手长

众水手

凯列班，未驯化的畸形奴隶

爱丽儿，空气精灵

众精灵，
听命于
普洛斯彼罗，
扮演
}
伊里斯
刻瑞斯
朱诺
仙子数人
收割者数人

场景：无人的荒岛

第一幕[1]

第一场　/　第一景

海中一船

雷电交加，暴风雨声可闻。船长与水手长上

船长　　水手长！

水手长　在，船长。有什么吩咐？

船长　　好兄弟，去跟水手们说，动作要快，不然咱会搁浅啦！快，
　　　　　赶快！　　　　　　　　　　　　　　　　　　　　　　　下

众水手上

水手长　嘿，哥儿们！加油，加油，哥儿们！快点，快点！把中桅
　　　　　帆收一收。听船长的哨音。——（对风暴）尽管刮吧，刮
　　　　　到你喘不过气也没关系，只要船掉得过头来。

阿隆佐、西巴斯辛、安东尼奥、腓迪南、贡柴罗及其他人上

阿隆佐　好水手长，留意点儿。船长在哪儿？拿出男子气概来。

水手长　各位，请待在下头。

安东尼奥　船长在哪儿啊，水手长？

水手长　您没听见他吗？您碍着我们的事啦。待在舱里！你们这是
　　　　　在帮助暴风雨。

贡柴罗　别那么说，好兄弟，耐心点。

1　译文中的脚注，若是采自原版，不另说明；若是译者自注或参考其他版本所得，则于脚注
　后注明为"译者附注"。译者的脚注参考版本如下：Stephen Greenblatt, ed., *The Tempest*, in
　Stephen Greenblatt, gen. ed., *The Norton Shakespeare* (New York and London: W. W. Norton, 1997);
　Stephen Orgel, ed., *The Tempest* (Oxford and New York: Oxford UP, 1994); and J. H. Walter, ed., *The
　Tempest* (London: Heinemann Educational Books, 1966, reprinted 1984).

水手长	先得等大海有耐心。走开！这些个大吼大叫的会理你什么国王吗？去舱里！闭嘴！别烦我们。
贡柴罗	好兄弟，可要记得你船上载的是谁。
水手长	没一个是我爱得超过我自个儿的。您是个大臣，要是您能命令这些风雨不作声，现在就平静，那咱们就一根绳索都不管。施展您的权威吧。要是您办不到，就感谢您活了这把年纪，回舱里预备随时有什么不测——万一真有的话。——（对众水手）加油，兄弟们！——（对众大臣）别挡了我们，我说。

阿隆佐、西巴斯辛、安东尼奥与腓迪南随水手长及众水手下

贡泽罗	这家伙让我非常安慰。我看他没有淹死的凶相，他那张脸分明就该是被绞死的。[1]善良的命运之神哪，千万要让他被绞死；用他命中注定的绞绳，作我们的定锚缆索吧，因为我们自己的不管用了。他若不是注定该被绞死的，我们的处境就悲惨啰。　　　　　　　　　　　　　　下

水手长上

水手长	放低中桅！快！再低，再低！尽量把船固定住。（幕内一声呼喊）混蛋，叫成这样！他们比这天气、比咱们发号施令还大声。

西巴斯辛、安东尼奥与贡柴罗上

	又来啦？你们来干吗的？想叫我们放弃、淹死？你们想要沉船哪？
西巴斯辛	我咒你喉咙长脓包，你这个大吼大叫、亵渎神明、没有慈悲心肠的狗！

1　有俗语说：he that is born to be hanged shall never be drowned（注定要被绞死的，绝不会被淹死）。

水手长	那你们来干。
安东尼奥	绞死你，狗东西！绞死你，婊子养的无耻大嗓门！我们才没有你那么怕被淹死呢。
贡柴罗	我敢担保他不会淹死，就算这条船比个坚果的壳儿还小，而且比流个不停的[1]女人漏得还凶。
水手长	顶住风，顶住风！两张帆都升起来，再出海！升起来！

众水手浑身湿透上

众水手	完蛋了！快祷告，祷告！完蛋了！
水手长	什么，我们都得淹死？
贡柴罗	王上和王子在祷告。咱们去助祷，我们情况一样。
西巴斯辛	我没耐性了。
安东尼奥	我们根本是被酒鬼害了命。这个大嘴巴的无赖！你淹死算了，还让潮水冲刷十遍！
贡柴罗	他还是会被绞死的， 尽管每一滴海水都赌誓不会， 而且张着大口要吞他。　　　　　　　水手长及众水手下

幕内喧闹声

后台人声	可怜我们吧！——船裂了，船裂了！——别了，我的妻儿！——别了，兄弟！——船裂了，船裂了，船裂了！
安东尼奥	咱们跟王上一起沉了吧。
西巴斯辛	咱们去向他道别。　　　　　　安东尼奥与西巴斯辛下
贡柴罗	这时我情愿用千顷波涛去换一亩荒地：长长的灌木、棕色的荆豆，什么都行。愿上天的旨意成就！但我情愿死在旱地。　　　　　　　　　　　　　　　　　　下

1　流个不停的（unstanched）：滥交的／性欲无法满足的／随时有月经的。

第二场 / 第二景

本剧以下场景都在普洛斯彼罗的海岛的各处
普洛斯彼罗[1] 与米兰达[2] 上

米兰达　　　至爱的父亲，您若是借了法术
　　　　　　使这狂涛咆哮，请平息它们。
　　　　　　上天好像要倾倒恶臭的沥青，
　　　　　　亏得大海，上升到苍穹的脸颊，
　　　　　　熄灭了天火[3]。看到他们受苦，我
　　　　　　一同受苦。美轮美奂的一艘船——
　　　　　　上面想必载着高贵的人物——
　　　　　　都撞成了碎片。啊，那喊叫声打在
　　　　　　我的心坎上。那些可怜人，都完了。
　　　　　　假如我是个有权能的神，我会
　　　　　　先把大海沉入地下，不让它
　　　　　　如此吞灭这艘美好的船，还有
　　　　　　船里的人。

普洛斯彼罗　安心吧，
　　　　　　不必再害怕。告诉你怜悯的心肠，
　　　　　　并没有造成损伤。

1　普洛斯彼罗：原文 Prospero，源于拉丁文，意为"促使成功"，在西班牙文及意大利文中其意为"幸运、昌盛"。
2　米兰达：原文 Miranda，源于拉丁文，意为"感到惊讶"，作为女性人名意为"她是被赞叹的"。
3　天火（fire）：指闪电。

米兰达	啊，可怜哪！
普洛斯彼罗	没事。
	我所做的，没有不是为了你——
	为了你，我亲爱的，你，我女儿——你
	不明白你的身份，根本不知道
	我的来历，也不知道我的高贵，
	超过普洛斯彼罗，一个破洞窟的主人，
	不过尔尔的你的父亲。
米兰达	我从来没有
	想过要知道得更详细。
普洛斯彼罗	时候已到，
	我该多告诉你一些。帮我
	脱下我这件魔法斗篷。（放下魔法斗篷）这样：
	躺好了，我的魔法。你擦擦眼睛，放心。
	那船难的恐怖景象，触动了
	你内心至情至性的哀矜，
	但我在我法术之中早已预作
	安排，不叫船上任何人——
	对，甚至任何生物——有
	一根毛发受到损伤，尽管你
	听到哀嚎，看见船沉。坐下吧，
	（米兰达坐下）
	因为现在你必须多了解一些。
米兰达	您常常
	要跟我讲我的身份，却欲言又止，
	我想追问，终是徒然，因您
	最后总说："慢着，时机未到。"

普洛斯彼罗	现在时机已到， 就在此刻，你要张开耳朵： 听话，要专心。你可记得 我们来到这洞窟之前的时候？ 我想你不能，因为你那时还 不满三岁。
米兰达	我当然能够，大人。
普洛斯彼罗	记得什么呢？有别的房屋或人吗？ 告诉我，有什么东西的形象 还保存在你的记忆里。
米兰达	很久远了， 我记得的比较像是一场梦， 不能保证准确无误。我不是 曾经有四五个女人照顾吗？
普洛斯彼罗	你有；还更多呢，米兰达。可是这 怎么还会留在你心中？在时间黑暗的 过去和深渊中你还看到什么？ 你既然记得来此以前的事， 或许也记得你是怎么来的。
米兰达	那我倒记不得了。
普洛斯彼罗	十二年了，米兰达，十二年了， 你父亲原是米兰公爵，一个 大权在握的亲王。
米兰达	大人，您不是我父亲？
普洛斯彼罗	你母亲是美德的典范，而 她说你是我的女儿；你父亲 是米兰公爵，他唯一的继承人

	公主也同样出身高贵。
米兰达	啊，天哪！
	是什么卑鄙算计，害我们流落至此？
	还是说该算幸运呢？
普洛斯彼罗	都是，都是，孩子。
	就如你说的，我们被卑鄙算计抛弃，
	但幸运地获救于此。
米兰达	啊，我的心会淌血，
	要是想到我给您添的麻烦；
	但现在都不记得了。您请说下去。
普洛斯彼罗	我弟弟，就是你叔父，叫安东尼奥的——
	我请你，听好了——做兄弟的竟然
	会这样背信——世界上除了你以外
	他是我的最爱，还托付他
	管理我邦的政务；那时候啊，
	所有城邦中要数米兰第一，
	而普洛斯彼罗是至尊公爵，享有如此
	殊荣，说到人文素养[1]
	无人能比。我既一心一意钻研，
	便把政务交给弟弟，
	对我邦大事愈发生疏，因为全神
	贯注于玄秘研究。你那虚伪的叔父——
	你在听吗？
米兰达	大人，专注极了。

1 人文素养：原文 liberal arts，指中世纪的七种学问：文法、逻辑、修辞、音乐、天文、几何、算术。

普洛斯彼罗　　一旦学会了怎样答应请托，
　　　　　　　怎样拒绝，该升迁哪个，该把哪个
　　　　　　　野心大的压一压，重新任命
　　　　　　　我原来的僚属，或改派职务，
　　　　　　　或新设职位；等到掌控了
　　　　　　　官员与官位，使全邦人心
　　　　　　　都听他发号施令，他就成了
　　　　　　　那爬藤，掩蔽了我王者的躯干，
　　　　　　　还吸吮我的精髓。——你没在听。

米兰达　　　　啊，好大人，我有。

普洛斯彼罗　　我请你，听好了。
　　　　　　　我，这般荒废俗务，完全
　　　　　　　独处，专注于修炼我的智能：
　　　　　　　单单这样退隐研究，就远非
　　　　　　　凡夫俗子所能理解；我那虚伪的弟弟
　　　　　　　更起了祸心，于是我的信任，
　　　　　　　像纯良的父亲，竟然生出
　　　　　　　相反的虚假，而且程度大得
　　　　　　　如同我的信任——那真是无限量、
　　　　　　　无止境的信赖。他如此这般
　　　　　　　不仅掌管了我赋税的收入，
　　　　　　　还有我权力所能要求的一切。就像
　　　　　　　惯说谎言的人相信自己的真实，
　　　　　　　使自己的记忆成为罪人，
　　　　　　　好遮掩他的谎言，他竟然
　　　　　　　相信自己真的是公爵，篡夺爵位，
　　　　　　　以公爵之尊执行职务，

	享有一切特权。于是他的野心增长——
	你在听吗？
米兰达	大人，您的故事可以治好聋子。
普洛斯彼罗	为了使他扮演的和他所替代的，中间
	没有阻隔，他势必要成为独尊的
	米兰公爵。我呢——可怜人——我的藏书室
	就是够大的公国；日常公爵的庶务，
	他认为我已无能处理。他去勾结——
	因为渴求权力——那不勒斯国王，
	向他缴纳年贡，向他效忠，
	以自己的小王冠[1]臣服于他的王冠，
	使从未俯首的我邦——唉，可怜的米兰——
	卑躬屈膝，可耻已极。
米兰达	啊，天哪！
普洛斯彼罗	你听他的契约和结果，再告诉我
	这算不算是兄弟[2]。
米兰达	我若认为祖母不贞洁，
	便是犯罪了；
	好母亲也会生出坏儿子。
普洛斯彼罗	现在说那契约。
	那不勒斯国王一向是我的
	死对头，就同意我弟弟的要求，
	也就是他，接受了俯首称臣，

1　公爵戴的是小王冠（coronet），代表低于君主的身份。——译者附注
2　这算不算是兄弟：原文 If this might be a brother 可以有两种解读：（1）这是一个兄弟该有的行
为吗？（2）我会是这种人的兄弟吗？

以及为数不知多少的进贡，
作为回报，应立即把我和家人
从米兰根除，并把大好的米兰，
和它所有的荣衔，赐给我弟弟。于是，
招募了一支叛军，在注定的
某一天午夜，安东尼奥打开了
米兰的城门，在死寂的黑暗中，
办事的人把我和哭啼的你
匆忙逐出去。

米兰达 哀哉，可怜哪！
我记不得当时怎么哭的，
要再哀哭一次：这种场合
会拧出我的眼泪。

普洛斯彼罗 再听我多讲一点，
然后我就把你带回我们
眼前这件事：没有它，我这故事
就不着边际了。

米兰达 为什么他们不在
当时灭了我们？

普洛斯彼罗 问得好，丫头。我的故事
会引发这问题。宝贝，他们不敢，
我的百姓十分爱我；也没敢在
这件事情上打上血腥的记号，倒是
用好看的颜色涂抹他们丑陋的目的。
简单说，他们赶我们上了一条船，
带我们出海约有几里格，在那里备有
一个朽坏的木桶，没有任何配备，

没有工具、船帆，没有桅杆；就连老鼠
都本能地离开了。你我被丢进去，
向着朝我们咆哮的大海哭泣；向着
海风哀叹，海风怜悯地回报以哀叹，
虽是有情，却害了我们[1]。

米兰达　　哎呀，我那时
是您多大的累赘啊！

普洛斯彼罗　　啊，你是我的
保命小天使。我向大海滴下
咸咸泪水，因重担而呻吟，
这时上天赐给你的刚毅
使你绽放微笑，这就激起了我
坚忍的勇气，无惧于
未来的遭遇。

米兰达　　我们怎么上岸的？（普洛斯彼罗坐下）

普洛斯彼罗　　靠着上天恩典。
我们有一些食物，还有些淡水，是
一位那不勒斯贵族，贡柴罗——
他那时受命负责这个计划——
出于慈悲给我们的，另外还
有华服、织物、杂项、必需品，
后来都派上用场。同样，出于好意，
他知道我爱书，从我的图书室
给了我一些卷册，这些是我
珍爱超过我的公国的。

1　原文 Did us but loving wrong，意指海风虽有怜悯之心，却把我们吹向大海。

米兰达	但愿我能
	见到那个人。
普洛斯彼罗	现在我要起来了 [1]：(起身)
	你还是坐好，听我们海上伤心事的结尾。
	我们来到这个岛，在这里，
	我当你的教师，使你比别的公主
	更有长进；她们把更多闲暇
	用于无意义的事，老师也没那么关心。
米兰达	愿上天报答您。现在，我求您，大人，
	因为这事还在我心里搅扰：您为何
	要兴起这海上风暴？
普洛斯彼罗	这就要知道：
	由于极为奇妙的意外，宽宏的命运之神——
	如今是我亲爱的夫人 [2] ——已经把我的仇家
	带到岸边。而我通过预知的能力，
	发现我的命盘最高点要依靠
	一颗最吉祥的星星；它的影响力
	我现在若不追求，反而忽视，我的运势
	就会永远衰败。到此别再问了，
	你想睡了。这睡意很好，
	就顺着它吧。我知道你别无选择。
	(米兰达入睡)
	——过来，仆人，来。我已经预备好了。
	过来，好爱丽儿，来吧。

---

1 现在我要起来了（Now I will arise）：除了指普洛斯彼罗起身的动作，也暗示下文所说，他的
命运由剥而复，否极泰来。——译者附注

2 我亲爱的夫人（my dear lady）：指命运之神，传统上认为命运之神是善变的女神。

爱丽儿上

爱丽儿　　　大王，万福！尊贵的主，万福！我是来
满足您一切心愿的。无论是飞翔，
是游泳，是跳入火坑，是腾上
卷云：只要是您权威的吩咐，
爱丽儿无不全力以赴[1]。

普洛斯彼罗　精灵，你可曾
执行我的命令，完整地演出暴风雨？

爱丽儿　　　每一项都做了。
我上了国王的船，一会儿在船头，
一会儿在船腰、甲板，在每间船舱，
我化成吓人的火焰；时而我自行分身，
四处放火；在中桅、桅杆间的横木、
船首斜桅上，我分别燃烧，
然后并成一团。天神乔武[2]的闪电，
恐怖雷鸣的先行者，也不及我
迅速，眼睛都跟不上。火焰和霹雳
如地狱般呼号，似乎要围攻力大
无比的海神，使他胆大的波涛战栗，
没错，他恐怖的三叉戟发抖。

普洛斯彼罗　我的好精灵！
有谁镇静、安稳，连这场骚乱都
无法搅扰他的理智？

爱丽儿　　　没有哪一个

1　全力以赴：原文 call his quality。quality 指 skills（技能），也可指 other spirits（其他精灵）。
2　乔武（Jove）：即朱庇特（Jupiter），希腊神话中的众神之王。

<table>
<tr><td></td><td>不感到激动疯狂，做出
绝望时的怪异举动。除了水手，人人
都跳入白沫飞溅的海里，逃离那艘
随着我起火的船；王子腓迪南，
头发倒竖——像芦苇，不像头发——
是头一个跳海的；大喊："地狱都空了，
所有魔鬼都在这里。"</td></tr>
<tr><td>**普洛斯彼罗**</td><td>啊，我的好精灵！
但不是到了岸边了吗？</td></tr>
<tr><td>**爱丽儿**</td><td>很近了，主人。</td></tr>
<tr><td>**普洛斯彼罗**</td><td>可是，爱丽儿，他们可平安？</td></tr>
<tr><td>**爱丽儿**</td><td>毫发无损。
他们浮水的衣服上没有任何污斑，
反而比先前更新。而且，照你的吩咐，
我把他们一组组分散在岛上。
国王的儿子我让他独自上岸，
留他在岛上一个僻静的角落，
叹着气吹凉了空气；坐在那儿，
手臂像这样打着伤心的结。（交叉双臂）</td></tr>
<tr><td>**普洛斯彼罗**</td><td>关于国王的大船、
水手们，说说你是如何处置的，
还有船队的其他人？</td></tr>
<tr><td>**爱丽儿**</td><td>安全停在港里，
国王的船。在那深深隐秘处，有一回
你要我到风暴不断的百慕大采露[1]，</td></tr>
</table>

1　露（dew）：露水是魔法药方常用的原料。

半夜叫我起来去的地方：船藏在那里。
水手们全都安顿在甲板下，
我念了个咒，加上他们遭受的劳累，
使他们睡着了。至于其他船只——
被我打散的——又都聚拢，
如今在地中海上，
悲伤地驶回那不勒斯：
他们以为亲眼见到王船遇难，
国王驾崩。

普洛斯彼罗 爱丽儿，给你的任务
完全做到了，但还有别的工作。
现在什么时候了？

爱丽儿 过了正午。

普洛斯彼罗 至少两个沙漏钟[1]。从现在到六点
这段时间我们必须珍惜使用。

爱丽儿 还有别的苦工吗？既然你要我工作，
容我提醒你，你答应过我的事，
现在还没做到。

普洛斯彼罗 怎么啦？不开心？
你能有什么要求？

爱丽儿 我的自由。

普洛斯彼罗 在时限未满之前？别提了！

爱丽儿 我请你
记得我对你服务良好，
不曾对你撒谎，没做错事，伺候你

---

1 两个沙漏钟（two glasses）：两小时，所以此时大约是下午两点钟。

	既无怨恨也无牢骚。你确实答应过 减免我一整年劳役。
普洛斯彼罗	你难道忘了 我把你从多大的折磨中解救出来？
爱丽儿	没有。
普洛斯彼罗	你忘了。以为很了不得， 能脚踩海底泥浆， 在锐利的北风中奔驰， 在霜冻的时候，替我 到地脉办事。
爱丽儿	我没有，大人。
普洛斯彼罗	你撒谎，邪恶的东西！你难道忘了 那可恶的巫婆西考拉克斯，她又老又坏， 身体驼成了一圈？你难道忘了她吗？
爱丽儿	没有，大人。
普洛斯彼罗	你忘了。她出生在哪里？说，告诉我。
爱丽儿	大人，在阿尔及尔。
普洛斯彼罗	哦，是这样啊？我得要 每个月重讲一遍你的过去—— 你都忘了。这个该死的巫婆西考拉克斯， 因为作恶多端，搬弄巫术 骇人听闻，你知道的，从阿尔及尔 被赶出来。只因她做过的一件事， 他们没有要她的命。这不是真的吗？
爱丽儿	是的，大人。
普洛斯彼罗	这个蓝眼皮的巫婆怀着身孕被带来， 水手们把她留在这里。你，我的奴才，

照你自己所说，当时是她的仆人。
而因为你是个太柔弱的精灵，
受不了她那粗蛮可恶的指挥，
拒绝了她的重大命令。
她盛怒难消之下，靠着
比较有力的手下帮助，把你
关在一棵裂开的松树里；
你被囚禁在那树缝中，痛苦了
十二年。在那期间她死了，
留你在那里，呻吟不已，
像水车叶片打到水面。当时这座岛——
除了她在这里落下的崽子、
巫婆所产长满斑点的小畜生——没有
一个人类。

爱丽儿　是的，凯列班她的儿子。

普洛斯彼罗　蠢货[1]，我说。他，那个凯列班，
我留下来使唤的家伙。你最清楚
我见到你时，你受的什么苦。你的呻吟
叫狼子嚎哭，穿透怒熊的
胸膛。那种折磨是要用来
对付下地狱者的，连西考拉克斯
也无法解除。是我的法术，
当我到来听见了你的痛呼，打开了
那松树，放你出来。

爱丽儿　谢谢你，主人。

---

1 蠢货（dull thing）：可能指凯列班或爱丽儿。

普洛斯彼罗	你再嘟哝，我就撕裂一棵栎树，
	把你钉在它纠结的五脏里，直到
	你哀嚎满十二个冬天。
爱丽儿	请原谅，主人。
	我会顺服命令，
	乖乖做我精灵该做的。
普洛斯彼罗	就这么办。两天之后
	我就放了你。
爱丽儿	高贵的主人！
	要我做什么？请说，要我做什么？
普洛斯彼罗	去把自己扮成海上仙女，
	只有你我看得到，别人的
	眼睛都不能见。去打扮好
	再回来这里。去！认真办事去！
	（对米兰达）醒醒，心肝，醒醒。
	你睡得很好。醒来。
米兰达	您那故事不可思议，
	使我睡意浓浓。
普洛斯彼罗	驱散它。跟我来。
	咱们去看我那奴才凯列班；他从不
	好言好语回答我们。
米兰达	这是个恶棍，大人，我不要看他。
普洛斯彼罗	但，情势如此，
	我们少不了他。他替我们生火、
	担木柴，做些对我们有利的
	差事。喂，嗬！奴才！凯列班！
	你这泥块，你！说话啊！

爱丽儿下

凯列班	（幕内）里面还有足够木柴。
普洛斯彼罗	出来，我说！还有别的事要你做。
	来，你这乌龟！什么时候？

爱丽儿扮成水中仙女上

	精美的幻影，曼妙的爱丽儿，
	耳朵凑过来。
爱丽儿	主人，一定照办。

下

普洛斯彼罗	你这恶毒的奴才，魔鬼在你
	邪恶老娘肚子里搞出来的东西，快出来！

凯列班上

凯列班	愿我娘用乌鸦羽毛从毒泥潭
	抹上来的最毒的露水滴在
	你们两个身上！愿西南风[1]吹上你们，
	叫你们浑身长水疱！
普洛斯彼罗	为此，今夜保管要叫你抽筋，
	侧边疼痛，叫你不能呼吸；刺猬[2]
	会通宵达旦，都在你身上
	做日常工作——你会被刺戳得
	密密麻麻，像蜂巢一般，每一刺
	都比做蜂巢的蜜蜂所螫还痛。
凯列班	我得吃饭才行。
	这座岛原是我娘西考拉克斯传给我的，
	你夺了去。你刚来的时候，
	用手抚摸我，疼爱我，给我里头

1　西南风（southwest）：据说西南风会带来潮湿、病毒滋生的空气。

2　刺猬（urchins）：或为精灵扮的刺猬。

放了莓果[1]的水喝，还教我怎么
称呼白天和夜晚发亮的
大光跟小光。那时候我爱你，
带你看遍岛上的风貌，
淡水泉、咸水坑、荒地和沃土。
我该死，竟那样做！愿西考拉克斯一切
蛊物——蛤蟆、甲虫、蝙蝠——都降到你们身上！
因为我当初是我自己的王，
如今成了你唯一的臣民；
你把我圈在这硬石窟里，
和整个岛隔离。

普洛斯彼罗 你这漫天撒谎的奴才，
鞭子可以感动你，慈善没用！尽管你是
脏东西，我还是以仁慈的关切待你，让你
住在我自己的洞里，直到你企图强暴
我的孩子。

凯列班 喔呵，喔呵！那件事做成了可就好啦！
你不让我做，否则我早在这岛上
生满凯列班了。

米兰达 可憎的奴才，
什么好的都不肯学，
一切坏的无所不为。我是可怜你，
费心教你说话，每个钟点都教你
一样东西。野人，你当时不懂
自己讲什么，只是叽里咕噜，像那

1　莓果（berries）：或为可酿淡酒的葡萄，或可做杜松子酒的杜松子。

最粗暴的野兽，我还教你言辞，
表达你的意思。然而由于你的恶性——
尽管学习了——里面还是有善性
无法共存之处。因此你被关在
这石窟里，罪有应得；其实
关进监狱里都算轻罚了。

凯列班　你教我语言，我得到的好处
是知道怎样诅咒。愿红疮要你的命，
因为你教我你的语言。

普洛斯彼罗　巫婆子孙，滚！
把木柴给我们扛进来，要快。你最好
也打别的杂。你敢耸肩，浑球？
假如我的吩咐你不做，或是
做得不情不愿，我就罚你抽筋抽不停，
叫你一身骨头痛楚，使你吼叫，
声音大得连野兽听了都要发抖。

凯列班　不要，求求你。——
（旁白）我必须服从：他的法力太强，
能够控制我娘的神，赛得玻[1]，
去当他的奴仆。

普洛斯彼罗　好了，奴才，快去！　　　　　　　　　　凯列班下

腓迪南上；爱丽儿隐形上，边弹边唱

爱丽儿　（歌）
快来这黄沙滩上唷，

1　赛得玻（Setebos）：据 16 世纪旅游文学记载，其为南美洲巴塔哥尼亚人（Patagonian）的
神明之一。

手儿牵着手。
屈个膝，亲一亲，
浪涛就平静。
曼妙舞步到处跳，
可爱的精灵啊，你们要
唱副歌。

众精灵 （幕内，唱副歌，散乱地）
听啊，听！汪喔！
看门狗在叫：汪喔。

爱丽儿 听啊，听！我听到
趾高气扬的雄鸡叫，
高唱咯咯啼哆哆。

腓迪南 这音乐在哪儿？在天上，在地下？
这会儿停了。一定是唱给
岛上什么神明的。我坐在岸边，
还在哀哭我父王遇难，
这音乐从水上飘过来，
甜美乐音平息了怒涛
和我的伤痛。我一路跟着——
也许是它引领我——可是停了。
不，又开始了。

爱丽儿 （歌）
令尊躺在五㖊处[1]，
骸骨已然成珊瑚；
珍珠乃是他双目。

1　五㖊：等于 30 英尺。

全身骨肉虽朽腐，
一经大海精细雕，
成为珍贵稀世宝。
海仙敲钟常纪念，

众精灵 （幕内，唱副歌）
叮咚。

爱丽儿 听啊，听：叮咚声连连。

腓迪南 这小调的确在悼念淹死的家父。
这不是凡俗事物；世上也没有
这种声音。此刻就在我头上。

普洛斯彼罗 打开你的眼帘，
告诉我你看到那边有什么。

米兰达 那是什么啊？是个精灵吗？
天哪，它在东张西望！大人，我真觉得
它长得好英俊。但它是个精灵。

普洛斯彼罗 不对，丫头。它也吃也睡，也有跟咱们
一样的感觉，一样的。你看这位帅哥
遭了船难。若不是他因为哀伤而略有
愁容——哀伤会破坏美貌——你可以说他
长得挺好的。他失去了伙伴，
到处找他们呢。

米兰达 我要称他为
仙品，因为我见过的人
从没这么高贵的。

普洛斯彼罗 （旁白）有苗头了，我看，
正中我的下怀。——（对爱丽儿）精灵啊，好精灵，
因你办了这件事，我两天之内就释放你。

腓迪南	一定是了，这是那些歌声 侍候的女神！请准许我的祈祷， 告诉我您是否住在这岛上， 可否给我一些好指点， 让我知道在这里该当如何。最后， 也最重要的，是——啊，惊为天人 [1] 的您！—— 您是个少女 [2] 不是？
米兰达	没什么可惊的，先生， 但确实是少女。
腓迪南	讲我的语言？天哪！ 讲这语言的人里，我最高贵， 如果是在讲这语言的地方。
普洛斯彼罗	怎么说？最高贵？ 这要让那不勒斯国王听到，你成了什么？
腓迪南	孤家寡人 [3]，像现在这样；听你说起 那不勒斯国王，我很诧异。他听得见我 [4]， 而因此我落泪。我就是那不勒斯的王； 双眼目睹我父王船难，泪水 没有停过。
米兰达	哀哉，好可怜！
腓迪南	是啊，真的，还有他的全部大臣；米兰公爵

1　啊，惊为天人：原文 O you wonder，暗指米兰达名字的拉丁文原义（*mirandus* 亦即 wonderful）。

2　意指"你是人类"或"你是未婚处女"。

3　孤家寡人：原文 a single thing，可理解为：（1）孤单一人；（2）未婚；（3）同一个人（即那不勒斯国王）。

4　他、我：都是指腓迪南自己。他以为父王已死，所以自己是国王，"他听得见我"即他听得见自己说话。

　　　　　　　　和他英俊的儿子也失散了。[1]

普洛斯彼罗　（旁白）米兰公爵

　　　　　　　　和他更俊的女儿可以质疑你，

　　　　　　　　但现在不合适。他们才一见面

　　　　　　　　就眉来眼去。——（对爱丽儿）机灵的爱丽儿，

　　　　　　　　为此我要释放你。——（对腓迪南）过来说句话，少爷，

　　　　　　　　我只怕你搞错了什么[2]。过来说句话。

米兰达　　　为什么父亲话说得这么凶？这

　　　　　　　　才是我见过的第三个男人，是第一个

　　　　　　　　使我思慕的。愿怜悯打动父亲，

　　　　　　　　跟我同样想法。

腓迪南　　　啊，您若是闺女，

　　　　　　　　感情也没有他属，我要让你

　　　　　　　　成为那不勒斯的王后。

普洛斯彼罗　且慢，先生，还要跟你说句话呢。——

　　　　　　　　（旁白）他们俩都爱上对方了，但这事进展太快，

　　　　　　　　我得弄得困难些，免得奖品赢得轻易

　　　　　　　　变得没价值。——（对腓迪南）还有话要说。我命令你

　　　　　　　　仔细听我说：你在这里篡夺了

　　　　　　　　不属于你的名号，来到

　　　　　　　　这岛上当奸细，想要偷取

　　　　　　　　本岛主的岛。

腓迪南　　　不然。我堂堂一个男子汉。

1　别处没有再提到安东尼奥的儿子。也许莎士比亚忘了或删掉了此角色，但遗漏了此处。

2　亦即"你弄错了自己的身份"。

米兰达	不会有任何邪物存在这座神庙[1]：
	假如邪灵有这么美好的居所，
	美善事物必然会抢着进去住。
普洛斯彼罗	（对腓迪南）跟我来。——
	（对米兰达）你别替他讲话，他是个叛贼。——
	（对腓迪南）过来，
	我要锁上你的脖子和双脚；
	给你喝海水；你的食物是
	淡水河蚌[2]、枯干的根茎，还有
	橡实的壳。跟过来。
腓迪南	不！
	我要反抗这种待遇，除非
	我的敌人力量胜得过我。

他拔剑，但被法术所制，动弹不得

米兰达	啊，亲爱的父亲，
	不要给他太鲁莽的考验；
	他温文有礼，并不可怕[3]。
普洛斯彼罗	什么，哼，
	你小子来教训我？——
	（对腓迪南）把剑收起来，叛贼。
	你摆摆架势却不敢打，你的良心
	充满罪恶。放下你防卫的姿态，

1　神庙（temple）：意指腓迪南的身躯。

2　淡水河蚌不可食。

3　本行原文为 He's gentle, and not fearful，也可以解释为：他是贵族，不会怯懦。——译者
　附注

（挥舞魔棍）
我用这根棍子现在就能解除你武装，
打落你的武器。

米兰达 （跪地或试图阻止他）
求求您，父亲。

普洛斯彼罗 走开！别拉住我的衣服。

米兰达 大人，可怜他。
我替他担保。

普洛斯彼罗 闭嘴！再说一个字
我即使不恨你也要骂你了。什么，
替一个骗子辩护？闭嘴！
你以为再没有他这般长相的人？
你只见过他跟凯列班。傻丫头，
比起大多数男人，这人是个凯列班，
相较之下，他们是天使。

米兰达 这么说，我的爱情
十分卑微：我没有野心
想要见更英俊的男人。

普洛斯彼罗 （对腓迪南）过来，服从吧。
你的筋骨又回到婴儿时期，
没有一点儿力气。

腓迪南 的确是这样。
我的精力，像在梦里似的，都被捆绑了。
父王的死，我的无力感，
我所有朋友遭难，还有这个人的恐吓，
他制伏了我，这些对我都是小事，
只要我每天能从监狱里

看见这姑娘一次。地球上其他角落的人
任意享受自由都行：我在这样的
监狱觉得海阔天空。

普洛斯彼罗　（旁白）奏效了。——（对腓迪南）过来。——
（对爱丽儿）干得好，美妙的爱丽儿！——
（对腓迪南）跟我来。——
（对爱丽儿）听好我还要你做些什么。

米兰达　放心。
先生，我父亲的本性比他
言语所表现的好。他现在说的话
很不寻常。

普洛斯彼罗　（对爱丽儿）你会自由自在
像山岚一般；但你得确实做到
我所有的吩咐。

爱丽儿　分毫不差。

普洛斯彼罗　（对腓迪南）走，跟过来。——
（对米兰达）别替他说情。

众人下

第二幕

第一场 / 第三景

阿隆佐、西巴斯辛、安东尼奥、贡柴罗、阿德里安、弗兰西斯科及其他人上

贡柴罗　　（对阿隆佐）请求您，陛下，开心点；您有理由欢喜——
　　　　　　我们都有——因为我们逃过一劫，
　　　　　　远超过我们的损失。我们这种不幸
　　　　　　稀松平常：每天都有水手的妻子、
　　　　　　商船的主人，还有货主，
　　　　　　跟我们一样悲惨。然而这种奇迹——
　　　　　　我是说我们保住性命——几百万当中
　　　　　　没几个能像我们这般夸口。所以，好陛下，
　　　　　　请明智地权衡我们的忧伤与安慰。

阿隆佐　　拜托你，别叽喳了。

西巴斯辛　（与安东尼奥一旁交谈）他接受安慰，像是喝冷橘茶。[1]

安东尼奥　那来劝慰的不会轻易放过他的。

西巴斯辛　瞧，他正在替自己的智慧时钟上紧发条，一会儿就要响啦。

贡柴罗　　（对阿隆佐）陛下——

西巴斯辛　一，数吧。

贡柴罗　　要是每次不幸都当一回事，那人可有得——

西巴斯辛　（旁白。对安东尼奥，但被贡柴罗听见）烂锅。

1　叽喳……橘茶：原文里阿隆佐要贡柴罗"安静（peace）"，西巴斯辛故意把 peace 听成 peas（豌豆），就说国王把安慰当作冷炖菜（cold porridge）。译文稍作更动，以存其趣。——译者附注

贡柴罗	难过 [1]，没错。没想到您说得这么真确。
西巴斯辛	没想到您的理解比我预料的聪明。
贡柴罗	（对阿隆佐）因此，王上——
安东尼奥	呸，他可真会浪费唇舌！
阿隆佐	（对贡柴罗）拜托你，省省吧。
贡柴罗	好，我说完了，不过呢——
西巴斯辛	他还是要说。
安东尼奥	他跟阿德里安两个，咱来赌一下，谁会先啼？
西巴斯辛	老公鸡。
安东尼奥	小公鸡。
西巴斯辛	赌了。赌注呢？
安东尼奥	一笑 [2] 吧。
西巴斯辛	一言为定！
阿德里安	这座岛虽然看似无人居住——
西巴斯辛	哈，哈，哈！[3]
安东尼奥	好，这算是赔了你了。
阿德里安	住不得人，也来不了——
西巴斯辛	可是呢——
阿德里安	可是呢——
安东尼奥	他少不得会这样说。
阿德里安	这里必然优美、温和、雅致怡人。

1　难过：原文为 dolour，与上句的 dollar 发音近似，但直译无法存其趣，因此翻译略作更动。——译者附注

2　一笑（a laughter）：从谚语 he wins that laughs（赌赢者笑）而来。

3　大多数辑注者认为这一句和下一句的说话者应该对调，即安东尼奥打赌赢了所以笑了；但也可能是西巴斯辛在笑阿德里安所说的话（看似无人居住？——肯定无人居住吧），并以此笑清偿了赌资。

安东尼奥	怡人[1]是个雅致的姑娘。
西巴斯辛	是啊，而且优美：他说得极有学问。
阿德里安	风的呼吸吹拂得极为惬意。
西巴斯辛	好像风有两片肺叶似的，都烂了。
安东尼奥	不然就像抹了泥沼的香气。
贡柴罗	这里样样都适合居住。
安东尼奥	的确，只是无以谋生。
西巴斯辛	没有谋生之道，或是很少。
贡柴罗	草多么鲜嫩茂密啊。多么碧绿！
安东尼奥	土地其实是黄褐色。
西巴斯辛	带着点绿。
安东尼奥	他错得不离谱。
西巴斯辛	对，只不过完全弄反了。
贡柴罗	但最稀罕的是——简直不可置信——
西巴斯辛	稀罕的东西多半如此。
贡柴罗	——我们的衣服，都已经在海里泡过，却还保持原来的鲜艳和光泽，像是全新的，而没有被海水玷污。
安东尼奥	他的口袋只要有一个会说话，难道不会说他撒谎？[2]
西巴斯辛	嗯，或者非常虚伪地把他的说法放进口袋里。
贡柴罗	我觉得咱们的衣服就像在非洲，参加王上美丽的公主克拉丽贝尔跟突尼斯国王大婚，刚穿上去的时候一样新。
西巴斯辛	那婚礼好精彩，而且咱们回程也都顺利。
阿德里安	突尼斯从来没有过这等绝色的王后。

1 安东尼奥把"怡人（temperance）"当作女人名字。
2 意指贡柴罗衣服上至少有个口袋是脏的。——译者附注

贡柴罗	自从寡妇狄多¹以后就没有了。
安东尼奥	寡妇！什么话嘛！那"寡妇"怎么来的？寡妇狄多！
西巴斯辛	他要是也说"鳏夫埃涅阿斯"²可怎么办？我老天，瞧您发那么大脾气！
阿德里安	您说是"寡妇狄多"吗？您让我想一想：她是迦太基人，不是突尼斯人。
贡柴罗	这突尼斯，先生，是当年的迦太基。³
阿德里安	迦太基？
贡柴罗	我向您保证，是迦太基。
安东尼奥	他的话比那神奇的竖琴更神。⁴
西巴斯辛	他不光建了城墙，还盖了房子呢。
安东尼奥	他下一个化不可能为可能的事会是什么？
西巴斯辛	我想他会把这个岛放进口袋带回家，跟他儿子换个苹果。
安东尼奥	然后把苹果籽洒到海里，种出更多海岛。
贡柴罗	对。⁵
安东尼奥	哦，答得可快。
贡柴罗	（对阿隆佐）陛下，我们谈的是，我们的衣服现在好像跟在突尼斯参加公主婚礼时一样鲜艳——她现在是王后了。
安东尼奥	也是到过那里的绝色美人。

---

1 寡妇狄多：狄多（Dido）是古代迦太基女王，爱上埃涅阿斯（Aeneas），见弃后自杀。下一句中安东尼奥反对称被抛弃的女人为寡妇，但狄多遇见埃涅阿斯时，确实是寡居。

2 埃涅阿斯的妻子在特洛伊陷落时死去，所以他也确实是鳏夫。

3 突尼斯距离迦太基十英里，迦太基覆亡后，突尼斯成为该地区最重要的城市。

4 希腊神话里，安菲翁（Amphion）的竖琴音使底比斯（Thebes）的城墙自己重建起来（但没有建造房屋）。

5 贡柴罗是对阿德里安确认突尼斯就是迦太基，下一句中，安东尼奥嘲笑他等这么久才回答。

——译者附注

西巴斯辛　　对不起，除了寡妇狄多以外。

安东尼奥　　哦，寡妇狄多？对，寡妇狄多。

贡柴罗　　　陛下，我的紧身外套岂不是跟我头一次穿的时候一样新
　　　　　　吗？我是说，从某个角度——

安东尼奥　　那个角度找得很好。

贡柴罗　　　——就是我在公主婚礼上穿的时候。

阿隆佐　　　您把这些话硬塞进我耳里，
　　　　　　不是我想听的。我情愿没有
　　　　　　把女儿嫁到那里。因为，从那里回来，
　　　　　　我失去了儿子；而且——依我看——女儿也是，
　　　　　　她离开意大利那么远，
　　　　　　我再也见不到她了。啊，
　　　　　　那不勒斯和米兰的嗣君，是什么怪鱼
　　　　　　拿你当餐点？

弗兰西斯科　陛下，他可能还活着。
　　　　　　我看见他和汹涌海浪搏斗，
　　　　　　跨在它们背上；他踩着水，
　　　　　　用力推开它的敌意，挺胸抵挡
　　　　　　迎面而来的巨浪。他昂首
　　　　　　于澎湃水面之上，以他坚强的
　　　　　　双臂使劲划向海岸；那海岸俯视
　　　　　　海浪腐蚀的峭壁底部，
　　　　　　好似弯着腰要帮助他。我确信
　　　　　　他安全上了岸。

阿隆佐　　　不，不，他已经走了。

西巴斯辛　　（对阿隆佐）陛下，您可以感谢自己造成这大难，
　　　　　　不肯让公主赐福给咱们欧洲，

	宁可放她给非洲人，在那里，
	她至少是从您的眼中放逐了，
	有理由可以哀哭。
阿隆佐	拜托你，安静。
西巴斯辛	我们大家都向您下跪，求您
	别那样做；美丽的公主自己
	也在厌恶与顺服之间踌躇，不知
	天平该垂向哪一端。只怕我们已经
	永远失去了王子。米兰和那不勒斯
	因为这件事而增加的寡妇，
	多过我们能带回去安慰她们的男人。
	这是您自己的过失。
阿隆佐	也是最贵重的损失。[1]
贡柴罗	西巴斯辛大人，
	您说的实话，缺少一点温柔，
	时机也不宜。您这是在摩擦伤口，
	而这时本该带膏药来疗伤才对。
西巴斯辛	好得很。
安东尼奥	像极了外科医师。
贡柴罗	（对阿隆佐）好陛下，您的乌云
	于我们是恶劣天候。
西巴斯辛	恶劣天候？
安东尼奥	十分恶劣。
贡柴罗	我若在这个岛上有块殖民地，陛下——
安东尼奥	他会栽种荨麻籽。

1 指损失了王子腓迪南。

西巴斯辛	或是酸模，或锦葵。[1]
贡柴罗	要是当了岛上的王，我会怎么做？
西巴斯辛	不会喝醉，因为没有酒。
贡柴罗	在这个共和国，我倒要反其道
	处理一切：所有商业交易
	我一概不准；[2] 没有地方官的名称；
	不可以有学问。财富、贫穷、
	雇用仆役：没有。契约、继承、
	边界、地界、耕地、葡萄园：没有。
	不用金属、谷物，或酒，或油。
	没有职业，所有人尽都闲散。
	女人也是，只是天真纯洁[3]。
	没有王权。
西巴斯辛	但他还要做岛上的国王。
安东尼奥	他那共和国的尾忘了头啦。
贡柴罗	一切共有之物，大自然都会生产，
	无须流汗或努力。背叛、重罪、
	利剑、长矛、小刀、枪支，或任何器械，
	我都不要。自然自会自己出产，
	都丰丰富富，都充充足足，
	供养我纯朴的百姓。
西巴斯辛	他的子民没有婚姻吗？[4]

1　这些都是寻常植物或野草。
2　贡柴罗这段话源自约翰·弗洛里奥 1603 年翻译的蒙田散文《论食人部族》，可参见"导言"。
3　俗谚认为无所事事（闲散）易起淫心。——译者附注
4　意思是：既无性欲，何须婚姻？又，婚姻也是一种契约。——译者附注

安东尼奥	没有，老兄，人人闲散：妓女和流氓。
贡柴罗	我会这样完美地统治，陛下， 胜过黄金时代[1]。
西巴斯辛	天佑陛下！
安东尼奥	（鞠躬或脱帽）贡柴罗万岁！
贡柴罗	还有——陛下，您在听吗？
阿隆佐	拜托，别说了。你说的对我都是空洞的。
贡柴罗	我相信陛下说的没错。我故意讲给这些贵人听，他们的肺十分敏感、反应迅速，连空洞无物都会使他们发笑。
安东尼奥	我们笑的是您。
贡柴罗	在这种戏谑中，你们视我为无物，因此你们可以继续对着空洞嘲笑。
安东尼奥	砍得好凶啊！
西巴斯辛	用的却是刀背。
贡柴罗	两位是英勇的贵人：假如月亮连续五个星期不变化，你们会去把它从轨道上拉出来。

爱丽儿隐形奏肃乐上

西巴斯辛	我们会这样做，然后摸黑去捕鸟[2]。
安东尼奥	别这样，好大人，别生气嘛。
贡柴罗	不会的，我向您保证。我不会为这等小事就失去谨慎。可以请两位笑着催我入眠吗？我非常困。
安东尼奥	去睡吧，听我们笑。（除阿隆佐、西巴斯辛与安东尼奥外，众人皆入睡）
阿隆佐	什么，这么快都睡了？但愿我的眼睛

1　黄金时代（golden age）：指古典神话中最早期的田园生活。

2　摸黑去捕鸟：原文 go a-batfowling，意指捕捉休眠中的鸟，引申为"欺骗"。

能够闭上，同时关闭我的思想。
我觉得它们正要这么做。

西巴斯辛　陛下，请您
不要忽视沉重睡眠的机会。
它难得造访忧伤；一旦来了，就是个安慰者。

安东尼奥　我们两个，陛下，在您休息时，
会保卫您，守护您的安全。

阿隆佐　谢谢你们。眼皮沉重极了。（他入睡）

西巴斯辛　多么诡异的睡意降临他们身上！　　　　　爱丽儿下

安东尼奥　是气候的性质使然。

西巴斯辛　那为什么
它不会叫咱们的眼皮子下垂？我觉得
我不想睡。

安东尼奥　我也是。我精神敏锐着呢。
他们一起都睡了，像是说好了似的；
倒了下去，像是被雷殛似的。也许，
尊贵的西巴斯辛？啊，也许？——不多说了。——
然而，我好像在你脸上看见
你应有的身份。机会对你说话，而
我强烈的想象看见一顶王冠
落在你头上。

西巴斯辛　什么？你是醒着的吗？

安东尼奥　您没听见我说话？

西巴斯辛　有啊，那肯定
是昏睡的语言，你是在
睡梦中说话。你刚才说什么来着？
这真是怪异的睡眠：睡着了，

眼睛睁得大大。站着，说着，走动着，
却又睡得这么熟。

安东尼奥　高贵的西巴斯辛，
你让你的好运睡着——该说是死去。闭着眼，
其实是醒着。

西巴斯辛　你分明在打鼾，
鼾声里别有意图。

安东尼奥　我比往常严肃。您
也必会如此，如果留心听我说。照着做
会使你涨三倍。

西巴斯辛　哦，我是一片静海[1]。

安东尼奥　我来教您如何涨潮。

西巴斯辛　请吧。退潮
是遗传的迟钝[2]给我的教导。

安东尼奥　喔，
可惜您不明白您所嘲讽的
正是您心中所想的；您剥除它，
却是更加穿戴它。运气衰退的人，其实，
往往是，因为自身恐惧或迟钝，
才会在接近底层奔波。

西巴斯辛　拜托，继续说。
你的眼神和表情宣告你心中
有要紧大事；而要你说出来
却又实在会使你十分痛苦。

1　静海（standing water）：涨潮与退潮之间的平静海洋。

2　遗传的迟钝（hereditary sloth）：指本性疏懒或作为国王之弟的身份。

安东尼奥	是这样的，大人：
	虽然这位记性不好的大人，这一位，
	当他入土之后也同样没有什么人
	纪念他，但他刚才几乎说服了
	国王，认为王子还活着——因为这个人
	是个说服的专家，他的职业就只是说服。[1]
	王子要不淹死是不可能的，
	就像说睡在这里的是在游泳。
西巴斯辛	说他没淹死，
	我不存希望。
安东尼奥	喔，从那个"不存希望"
	您可有多大的希望！那一边没希望
	是另一边高高的希望，高到连
	野心放眼望去，都必然
	担心会被发现。您是否同意我，
	腓迪南已经淹死了？
西巴斯辛	他已经走了。
安东尼奥	那，告诉我，谁是那不勒斯王位的下一位王储？
西巴斯辛	克拉丽贝尔。
安东尼奥	在突尼斯当王后的她；住在生命
	尽头三十英里外[2]的她；无法从那不勒斯
	获得消息的她，除非是太阳替她送信——
	月亮太慢了——不然要等到婴儿下巴
	长出可剃的粗胡须。我们参加她婚礼后

---

1 贡柴罗是枢密大臣，职责就是劝谏进言。
2 生命尽头三十英里外：意指一辈子还不够。——译者附注

全被海吞没，虽然有些又被吐出来——
命中注定要做一件事：过去的
成为这事情的序曲，未来的
就靠您与我去执行。

西巴斯辛　这是啥？您[1]这话怎讲？
不错，我哥哥的女儿是突尼斯王后，
但她也是那不勒斯王储。两地之间
是有些距离。

安东尼奥　其间每一个腕尺[2]
似乎都在呼喊："那个克拉丽贝尔要怎样
量丈着我们回到那不勒斯？待在突尼斯吧，
让西巴斯辛醒醒。"假如说吧，现在
是死亡掳获了他们，那么，他们的处境
不会比现在更糟。有人能统治那不勒斯，
不逊于睡着的他；有王公贵人能唠唠叨叨
大放厥词，讲些不着边际的话，
像这个贡柴罗；我自己就能把
寒鸦训练得有同样深度。啊，愿您的
想法跟我的一样！那这场睡眠
对您的前途可大大有利！您懂我的意思吗？

西巴斯辛　我想我懂。
安东尼奥　那您有多么
在乎您自己的好运呢？

1　西巴斯辛贵为王弟，一向以"你（thou）"称呼安东尼奥。此段对话里用"您（you）"是
　　个例外，或有讽刺之意。——译者附注
2　腕尺（cubit）：古时一种量度，相当于自肘至中指端的长度，约 20 英寸。

西巴斯辛	我记得
	您推翻了您的哥哥普洛斯彼罗。
安东尼奥	对。
	瞧瞧这身衣裳穿在我身上多相配，
	比以前更合身。我哥哥的仆从
	原是我的同僚，如今成了我的部属。
西巴斯辛	除了您的良心。
安东尼奥	是啊，大人，那个在哪里呀？假如那是冻疮，
	我就得穿软拖鞋，可是我胸膛里
	摸不着这位神明：就算有二十颗良心
	挡在我跟米兰的大位中间，凝结成冰，
	在干扰我之前早融化了！令兄躺在这里，
	比他所躺的泥土好不到哪里，
	假如他就像他现在这样——好像死了——
	我用这把听话的剑（抚摸剑或匕首）——只消三英寸——
	就能使他长眠；而您，这样子，
	也可以把这个老朽，这位谨慎大爷，
	送去睡永远的觉，免得
	他来谴责我们的行为。至于其他人，
	他们会听从建议，像猫舔牛奶一般：
	我们说什么时候该怎么做，他们就会
	照着去做。
西巴斯辛	亲爱的朋友，你所做的
	就是我的先例。你怎样得到米兰，
	我就怎样获取那不勒斯。拔剑吧！
	只消一击就免除你的纳贡，
	而我这国王会恩宠你。

安东尼奥	一同拔剑：
	我举起手的时候，您也照样做，
	刺死贡柴罗。
西巴斯辛	啊，还有一句话。（两人一旁交谈）

爱丽儿随音乐与歌声隐形上

爱丽儿	（对睡着的贡柴罗）我主人通过法术预知您、
	他的朋友，有危险，差派我来
	保他们的命——不然他的计划就完了。
	（在贡柴罗耳边歌唱）
	您躺这里打着鼾，
	阴谋睁眼看：
	机会难再！
	若您还想保命，
	别沉睡，当心。
	醒来，醒来！
安东尼奥	那咱俩就赶快。（与西巴斯辛拔剑）
贡柴罗	（醒转）好天使啊，保卫陛下！
阿隆佐	嘎，怎么啦？嗬，醒醒！（余皆醒转）你们拔剑干吗？
	怎么脸色这么苍白？
贡柴罗	怎么回事？
西巴斯辛	我们站在这里保护您休息，
	就在刚才，我们听见一阵咆哮，
	像公牛，更像狮子。可不把您惊醒了吗？
	我听来可怕极了。
阿隆佐	我什么都没听到。
安东尼奥	声音大得可以吓坏妖怪，
	地动山摇！一定是整群狮子

在吼叫。

阿隆佐 您听到了吗，贡柴罗？

贡柴罗 陛下，我以荣誉发誓，我听见嗡嗡声，
而且是很奇怪的，使我醒过来。
我摇摇您，陛下，大声叫。我张开眼睛，
看见他们剑已出鞘。是有个声音，
那是一定的。咱们最好提防着点，
不然就离开此地。我们都拿出武器来。

阿隆佐 带我们离开这里，大家再去寻找
我那可怜的儿子。

贡柴罗 愿老天保佑他远离这些野兽！
因为他一定在岛上。

阿隆佐 带路吧。

爱丽儿 得让普洛斯彼罗，我主人，知道我办到的事。
陛下啊，就请安全地去寻找你的儿子。　　　众人分头下

第二场　　/　　第四景

凯列班负一捆柴上。响起一阵雷声

凯列班 让太阳吸起的一切病毒，无论来自
泥塘、沼泽、湿地，都落在普洛斯彼罗身上，
叫他一寸一寸成了病灶。他的精灵听得见我，
可是我非诅咒不可。但他们不会折磨我，
扮妖精幽灵吓唬我，把我扔进泥坑，

　　　　　　也不会在黑暗中变成鬼火，带引我
　　　　　　走偏路——除非他下了命令。可是
　　　　　　为每一件小事他都要他们来整我，
　　　　　　有时像猴子，对我扮鬼脸，吱吱叫，
　　　　　　然后咬我；有时像刺猬，在我
　　　　　　光脚走的路上翻滚，竖起
　　　　　　刺来扎我的脚。有时我全身
　　　　　　被毒蛇缠绕，它们用分岔的舌头
　　　　　　咝咝作响，嘘得我发狂。

特林鸠罗[1]上

　　　　　　　　　　瞧，哎，瞧！

　　　　　　这儿来了个他的精灵，要折磨我，
　　　　　　因为我柴火搬得慢。我要倒下来，
　　　　　　也许他不会注意到我。（躺下，以斗篷遮盖全身）

特林鸠罗　　这里没有灌木丛也没有矮树林可以遮风蔽雨，而另一场风
　　　　　　暴正在酝酿：我从风中听见它唱着呢；那边那片乌云，那
　　　　　　片大的，看来像是个准备倒出酒来的臭酒囊。要是像刚才
　　　　　　那样打起雷来，我不知道该把头藏在哪儿。那边那片乌云
　　　　　　一定会成桶成桶倾倒下来。（看见凯列班）这是啥玩意儿？
　　　　　　是人还是鱼？死的还是活的？是鱼，他有鱼的味道：一股
　　　　　　很久很久的鱼腥味，有点儿像不怎么新鲜的狗鳕干。一条
　　　　　　怪鱼！要是我现在人在英国——我在那里待过——只消把
　　　　　　这条鱼着上颜色，在那里度假的傻瓜人人都会掏出一块银
　　　　　　币。在那里这个怪物可以帮人发财。任何奇怪的野兽都能
　　　　　　帮人发财。那些人不肯出一个铜板救济跛腿的乞丐，却愿

1　特林鸠罗（Trinculo）：此名或从意大利文 *trincare*（拼命喝）而来。

意给上十个去看一个死掉的印第安人 [1]。跟人一样有两条腿，鱼鳍像手臂！唷，还真是温热的！我现在要收回我的说法，不再坚持。这不是鱼，是刚刚被雷击的岛民。（雷声）天哪，暴风雨又来了！我最好爬到他的粗布斗篷底下。这附近没别处可躲。苦难使人结交奇怪的伙伴。（特林鸠罗爬进凯列班的斗篷）我要躲在这里，等倾盆的暴风雨过去。

斯丹法诺唱歌上，手持一瓶酒

斯丹法诺　　俺不再出海，出海。

俺要死在岸上——

这曲子在葬礼时唱，很难受。唉，这是我的安慰。（饮酒）（唱）

船长、甲板清扫工、水手长和我，

炮手和他的副座，

爱上茉莉、梅葛、马莲和玛吉，

但没人喜欢凯蒂。

她的舌头太毒辣，

会对水手说："去死吧！"

她讨厌焦油或沥青的味道，

但无论身上哪里痒，裁缝都可替她搔。

那就出海吧，哥儿们，让她去死吧！

这也是支烂曲子，不过，这是我的安慰。（饮酒）

凯列班　　别折磨我。噢！

斯丹法诺　　怎么回事？这儿有魔鬼吗？你们拿野人跟印第安人来耍我们，嘎？我都淹不死了，现在还怕你的四条腿不成？有这么个说法："就算最体面用四腿走路的，也无法逼他让步。"

1　在伦敦，有时大众会付钱观看美洲印第安人。

只要斯丹法诺一息尚存，这话还会再说一遍。

凯列班　精灵在折磨我。噢！

斯丹法诺　这是岛上的四腿怪物，依我看他是病了。他到底从哪儿学了咱们的语言？就为这一点，我要给他补一补。要是我能把他救活，驯服了，带到那不勒斯，可以把他献给任何一个穿母牛皮鞋的皇帝。

凯列班　别折磨我，求求你。我会快点把木柴搬回家。

斯丹法诺　他正在发病，说话不顶有条理。他得尝尝我这瓶东西。要是他以前没喝过酒，这玩意儿很可以治好他的病。要是我能救活他，把他驯服了，再高的价钱我都要得到；谁想得到他就得付钱，付足够的钱。

凯列班　你到现在还没怎么伤害我；马上就会开始了，我看你发抖就知道。现在普洛斯彼罗正对你作法。

斯丹法诺　来，张开嘴。这东西能叫您 [1] 说话，猫儿 [2]。（给凯列班一口酒）张开嘴来，这东西能抖掉您的颤抖，我告诉你，而且抖得干干净净。您不知道谁是您朋友呢。嘴巴再张开来。（凯列班吐出来）

特林鸠罗　我该听出那声音。应该是——但他已经淹死了，那这些是魔鬼。啊，救命！

斯丹法诺　四条腿，两种声音：真是极巧妙的怪物！他前头的声音是用来说朋友好话，后头的声音是用来说脏话，说坏话。假如用一整瓶酒可以治好他，我愿意治他的病。来。够了 [3]！

1　您：斯丹法诺的敬语是讽刺的用法。——译者附注

2　来自俗谚：Ale will make a cat speak（酒能使猫讲话）。

3　原文 Amen（阿门），本是祈祷时的结尾语。斯丹法诺在此指凯列班的第一张嘴已经喝够，可以结束。——译者附注

	我来给你另一张嘴倒一点儿。
特林鸠罗	斯丹法诺!
斯丹法诺	你的另一张嘴在叫我吗?饶命啊,饶命!这是个魔鬼,不是怪物。我要离开他,我可没有长汤匙[1]。
特林鸠罗	斯丹法诺!你若是斯丹法诺,就摸摸我,跟我说话,因为我是特林鸠罗——别害怕——你的好朋友特林鸠罗。
斯丹法诺	你若是特林鸠罗,就出来。我来拉你比较短的腿[2]。(拉他出来)如果有哪一双腿是特林鸠罗的,这双就是了。你真的就是那特林鸠罗!你怎么会成了这怪物的便便[3]?他能拉出特林鸠罗吗?
特林鸠罗	我还以为他是被雷劈死了。可是你没淹死啊,斯丹法诺?现在我真希望你没淹死。暴风雨过去了吗?我躲在这怪物的斗篷底下,就是怕暴风雨。你还活着吧,斯丹法诺?斯丹法诺啊,有两个那不勒斯人逃过了一劫!(与斯丹法诺相拥或跳舞)
斯丹法诺	拜托,别把我转来转去:我的胃不舒服。
凯列班	(旁白)他们倒是好东西,假如不是精灵的话。那一个是出色的神仙,还带着仙酒。我要向他下跪。
斯丹法诺	你是怎么逃命的?你怎么来到这里的?手按着这瓶子,说你怎么来到这里。我是靠着水手扔出船外的一个酒桶逃命的,我凭着这瓶子发誓。这瓶子是我上岸之后亲手用树皮做的。

---

1 长汤匙(long spoon):来自俗谚:He should have a long spoon that sups with the devil(跟魔鬼吃饭,得有长汤匙)。这句谚语意指跟坏人要保持距离。
2 特林鸠罗的腿大概比凯列班的短。
3 斯丹法诺从凯列班两腿间拉出特林鸠罗,所以说他是便便。

凯列班	我要按着那瓶子宣誓做你忠贞的子民，因为那酒不是人间的。
斯丹法诺	按着这个，老实说你是怎么逃命的。
特林鸠罗	游泳上岸的，老哥，像鸭子那样。我能像鸭子一样游泳，我发誓。
斯丹法诺	（递酒瓶给特林鸠罗）这里，亲这《圣经》[1]。你就算能像鸭子一样游泳，也还天生是呆头鹅。
特林鸠罗	斯丹法诺啊，你可还有这玩意儿？
斯丹法诺	一整桶呢，老兄。我的酒窖在海边一块岩石里面，酒就藏在那儿。——（对凯列班）怎么样啦，怪物？你的寒症怎样了？
凯列班	你可是从天上掉下来的？
斯丹法诺	从月亮来的，老实跟你讲。我原是月亮里的那个人。
凯列班	我见过你在那里，我好崇拜你。我的女主人[2]替我指出你，跟你的狗，还有你的矮树丛。[3]
斯丹法诺	（递酒瓶给凯列班）来，就你这话发个誓。亲吻这《圣经》。我一会儿再倒上新的。发誓。（凯列班饮酒）
特林鸠罗	（旁白？）凭着阳光起誓，这是个非常浅薄的怪物！我还怕他？一个懦弱的怪物！月亮里的人？一个极其可怜幼稚的怪物！干得好，怪物，真的！
凯列班	我要带你看遍岛上每一寸肥沃土地。我要亲你的脚。我求你，做我的神明。

---

1 亲这《圣经》：原文 kiss the book 指亲吻《圣经》以证实誓言；也暗指习语 kiss the cup，亦即"再来一杯"。

2 女主人（mistress）：即米兰达。

3 根据民间传说，月亮里的那个人原是因为违法在礼拜天收集柴火（他的矮树丛），才跟他的狗一起被贬到月亮。

特林鸠罗	（旁白？）天光为凭，一个最不讲信用的烂醉怪物！神明睡觉的时候，他会去偷他的酒瓶。
凯列班	我要亲你的脚。我要发誓做你的子民。
斯丹法诺	那就过来。跪下，发誓。（凯列班跪下）
特林鸠罗	（旁白？）这个猪头[1]怪物会把我笑死。一个卑鄙的怪物！我恨不得打他一顿——
斯丹法诺	（对凯列班）来，亲。
特林鸠罗	——要不是这可怜怪物喝醉了。讨厌的怪物！
凯列班	我会带你看最好的水泉，我会替你摘浆果，我会替你捕鱼，替你搜集足够的木柴。叫瘟疫降临我伺候的暴君！我不再替他搬树枝，只要跟随你，你这天人。
特林鸠罗	（旁白？）最可笑的怪物，居然把个可怜的醉汉奉为天人。
凯列班	我求你，让我带你到长野苹果的地方，我也要用我的长指甲替你挖地栗，给你看一个松鸦的窝，教你怎么诱捕灵敏的狨猴，我要带你到茂密的榛果林，有时候我会替你从岩石上抓些小山羊[2]。你要跟我去吗？
斯丹法诺	拜托，现在就带路，别多说了。特林鸠罗，既然王上和我们全体伙伴都淹死了，我们可以接收这块地。——（对凯列班）这里，替我拿瓶子。特林鸠罗老哥，咱们等一会儿再来倒上几杯。
凯列班	（醉唱）别了主人，别了，永别了！
特林鸠罗	嚎叫的怪物，烂醉的怪物！
凯列班	（唱） 不再筑坝捕鱼虾，

1　猪头：原文 puppy-headed，意指愚蠢。
2　小山羊：原文 young scamels，其中 scamels 疑为 seamews（海鸥）或 shamois（山羊）之误。

不必听命把柴搬，
不洗碗来不洗盘，
阿班阿班凯列班，
有了新老板——另外找人吧[1]。
自由了，放假啰！放假啰，自由了！自由，放假，自由！

斯丹法诺　好怪物啊，带路吧！　　　　　　　　　　　　　众人下

1　另外找人吧：这是对普洛斯彼罗说的。——译者附注

第三幕

第一场　　/　　第五景

腓迪南扛一根木头上

腓迪南　　　　（放下木头）

有些活动累人，但因为喜欢
就不觉疲乏。有些卑微的工作
可以高贵地承担，微不足道的事体
结果富丽堂皇。这低贱的工作
对我原本沉重并且可憎，然而
我伺候的女主人化死气为活力，
使我的劳役成为喜乐。啊，她的
温柔十倍于她父亲的粗暴；
而他乃是严酷所造。我必须搬
几千根这种木头，把它们堆好，全凭
他一声苛刻的命令。我可爱的女主人
见我工作就流泪，说这种粗活
从没有类似的人干过。我忘了[1]。

（扛起木头）

但这些甜蜜思绪纾解了我的劳累，
做起事来，最忙碌也最轻松。

米兰达与普洛斯彼罗上，普洛斯彼罗躲在远处

1　忘了（forget）：指忘了工作。

米兰达	（对腓迪南）哎呀，现在恳求您， 不要工作得这么卖力。我情愿闪电 烧掉您必须堆积的那些木头。 请您放下来，休息。这木头燃烧时 会因为曾使您疲乏而流泪[1]。家父 正专心研究；现在请您歇息， 他三个钟头内不会来。
腓迪南	最亲爱的女主人哪， 我还没做完该努力完成的事， 太阳就要下山了。
米兰达	您要是肯坐下， 我会替您搬木头。请拿给我， 我搬到柴堆去。
腓迪南	不行，珍贵的人儿， 我宁可折断我的筋，压垮我的背， 也不能让您受这种委屈， 而自己却闲坐一旁。
米兰达	这件事对我合适 就和对您一样；而我做起来 更轻省得多，因为我是甘心乐意， 而您是不情不愿。
普洛斯彼罗	（旁白）可怜虫，你被感染了。 这次探访看得出来。
米兰达	您似乎很累。
腓迪南	不，高贵的女主人，有您在一旁，夜晚

---

1 流泪（weep）：指木柴燃烧时流出水分或树脂。

对我就是清新的早晨。我要请教您的
芳名？主要是为了把它放在
我的祷告里。

米兰达 米兰达。——哦，父亲哪，
我这一说就破了您的诫命。

腓迪南 可赞叹的米兰达[1]，
真是绝顶令人赞叹，当得上
世界的至宝！多少贵妇
我曾仔细注目，多少次
她们悦耳的言语囚禁了
我太过殷勤的耳朵。不同的优点
使我中意过不同的女人，从没有
一位如此全心爱慕——总有什么
缺点与她至高的魅力不合，
使那魅力受损。然而您，喔您，
如此完美，如此无与伦比，乃是
集众生精华所创造。

米兰达 我没有见过
与我同性别的；记不得任何女人的容貌，
除了从镜子里，自己的脸。我也不曾
见过可以说是男人的，除了您，我的爱[2]，
以及我亲爱的父亲。外面人长相如何，
我完全无知，但是以我的贞节——
我嫁妆中的珍宝——为证，我在这世上

1　见第一幕第二场米兰达初上场时的注解。——译者附注
2　我的爱：原文 good friend，friend 意为情人。

除了您，别的伴侣都不想要。
我的想象也无法塑造出除您自己以外
可以喜爱的相貌。但我信口说得
似乎太过分了，把家父的吩咐
都忘记了。

腓迪南 我的地位乃是
王子，米兰达；我相信，是国王——
我情愿不是——我本不能忍受
担柴的奴役，就如不能任凭
苍蝇在我嘴上产卵。请听我的心声：
我乍见到您的那一刻，我的心
就飞来要为您效劳，住下来
使我成为奴才；为了您的缘故，
我成了这吃苦耐劳的搬柴工。

米兰达 您爱我吗？

腓迪南 皇天后土啊，替我这话作证：
假如我所说真诚，让我的告白
得到善果；若是虚伪，就把
我原本上上吉兆，颠倒为祸害。我，
超乎世上其他一切的界线，
热爱您，宝贵您，敬重您。

米兰达 我好傻，
竟为高兴的事而哭。

普洛斯彼罗 （旁白）两股至深的感情
美妙地相遇了！求上苍降福泽

	给他俩生下来的 [1]。
腓迪南	您为什么要哭？
米兰达	哭我的不配，既不敢献出
	我想要给的，更不敢接受
	我得不到就会死的。但这太
	轻浮了，越是想要隐藏自己，
	越发显露得多。离去吧，故作娇羞；
	朴实圣洁的纯真，激励我！
	我就是您的妻子，如果您愿娶我。
	如果不愿，我就一辈子做您的婢女 [2]。
	您可以拒绝我当您配偶，但我要做
	您的仆人，不管您肯不肯。
腓迪南	（跪地）我的心上人，我的最爱，
	我永远如此顺服。
米兰达	那，是我丈夫啰？
腓迪南	是的，打心底情愿，
	像是奴隶拥抱自由。我的手在此。
米兰达	这是我的，里面有我的心。[3] 现在我暂别您，
	半个钟头后再会。
腓迪南	千千万万个再会！
普洛斯彼罗	像他们那么高兴我是不可能的，
	他们是欣喜若狂。但我的欢欣

腓迪南与米兰达分头下

---

1 生下来的：原文 that which breeds，可理解为：（1）两人之间生发的爱情；（2）两人生下来的
  孩子。

2 婢女：原文 maid 可有两种理解：（1）处女（即终身不嫁）；（2）婢女。

3 在莎士比亚时代，结婚不必有证人，婚礼不必在教堂举行。所以米兰达和腓迪南两人的交谈
  即可构成婚姻。——译者附注

莫此为甚。我要回到我的魔法书，
因为晚餐前还必须完成
与此相关的许多工作。　　　　　　　　　　　　下

第二场　　/　　第六景

凯列班、斯丹法诺与特林鸠罗上

斯丹法诺　　别跟我说。桶里空了咱们才喝水，否则一滴都不喝。所以
　　　　　　就再喝吧，喝干了。怪物仆，为我干杯。

特林鸠罗　　怪物仆？这个岛真荒唐！——（旁白）据说这岛上只有五
　　　　　　个人，我们就占了三个。要是另外两个脑袋跟咱们一样，
　　　　　　国家就完蛋了。

斯丹法诺　　怪物仆，我叫你喝你就喝。长在你头上的眼睛几乎发直了。
　　　　　　（凯列班饮酒）

特林鸠罗　　不然要长在哪里？要是他眼睛长在屁屁上，那他可真是个
　　　　　　精彩的怪物了。

斯丹法诺　　我这怪物仆的舌头泡在酒里了。[1] 我呢，海水都淹不了我。
　　　　　　我可以游个一百英里左右到岸上。我保证，让你做我的副
　　　　　　手，怪物啊，或做我的掌旗官[2]。

特林鸠罗　　就让他做您的副手吧：他根本站不直。

1　亦即喝得讲不出话了。——译者附注
2　掌旗官：原文 standard，即 flag-bearer，也可以指"直立的人"（见下面一行）。

斯丹法诺	咱们不必跑 [1]，怪物先生。
特林鸠罗	也不走。您就像狗一样躺着，也别说话。
斯丹法诺	怪物，这辈子总要说一次话吧，如果你是个好怪物。
凯列班	大人可好？让我舔你的鞋子。我不伺候他：他不勇敢。
特林鸠罗	你撒谎，无知透顶的怪物。我可以跟治安官干架。哎，你这堕落的鱼，你，可有谁能像我今天喝那么多，还是懦夫不成？ [2] 你这半鱼半怪的家伙，还想撒天大的怪谎 [3] 吗？
凯列班	瞧，他这样嘲笑我！你容许他吗，我的主？
特林鸠罗	他说"主"哩！怪物竟然这么呆！
凯列班	瞧，你瞧，又来了。把他咬死，拜托。
斯丹法诺	特林鸠罗，看好您脑壳里的好舌头吧。您要是敢反叛，就把您吊死。这可怜的怪物是我的子民，不能让他受到羞辱。
凯列班	谢谢尊贵的大人。你可愿意再听一次我的要求？ [4]
斯丹法诺	圣母在上，愿意啊。跪下，再说一遍。我立着，特林鸠罗也是。

爱丽儿隐形上

凯列班	如我先前告诉你的，我是一个暴君、一个巫师的子民。他利用法术，从我手中骗走了这座岛。
爱丽儿	你撒谎。
凯列班	（对特林鸠罗）你撒谎，你这插科打诨的猴儿 [5]，你。但愿我勇敢的主人把你干掉。我没撒谎。

1　跑（run）:（从战场）逃跑。

2　一般认为喝酒能壮胆。——译者附注

3　天大的怪谎：原文 monstrous lie。monstrous 也可以指"极大的（huge）"。特林鸠罗认为凯列班一半是鱼，一半是怪，所以只能撒一半的谎。——译者附注

4　凯列班正在学习官场的语言。——译者附注

5　插科打诨的猴儿：原文 jesting monkey 意有所指，因为特林鸠罗是弄臣（jester）。——译者附注

斯丹法诺	特林鸠罗，您要是再扰乱他说话，我凭这只手发誓，要打落您几颗牙！
特林鸠罗	唉，我啥也没说。
斯丹法诺	（对特林鸠罗）那就闭嘴，别再说了。——（对凯列班）说下去。
凯列班	我说，他靠巫术得到这座岛，
	从我这里拿走的。假设大人你
	对他报复——因为我知道你敢，
	而这个东西 [1] 不敢——
斯丹法诺	那是当然。
凯列班	你就成为岛主，我会服侍你。
斯丹法诺	现在这事要怎么办才行？
	你能带我去那个人那里吗？
凯列班	能，能，我的主。我趁他睡觉时把他交给你，
	你可以在他头上敲一根钉子。 [2]
爱丽儿	你撒谎，你不能。
凯列班	（对特林鸠罗）这真是个花衫笨小丑 [3]。你这下流胚——
	（对斯丹法诺）我恳求大王揍他，
	把他的瓶子拿走，这样
	他就只能喝海水了，因为我不会带他
	去清水泉。
斯丹法诺	特林鸠罗，别再冒险了！再说一个字打断这怪物讲话，我凭这只手发誓，会把我的慈悲赶出门，把你打成鳕鱼干。

1　这个东西（this thing）：指特林鸠罗，但也可能指凯列班自己。——译者附注

2　一如《圣经》里雅亿（Jael）将橛子钉入西西拉（Sisera）的耳鬓，将他杀死。见《士师记》（第4章第21节）。——译者附注

3　弄臣穿花衣服。

特林鸠罗	奇怪，我做了什么？我啥也没做。我走远一点。
斯丹法诺	你没说他撒谎吗？
爱丽儿	你撒谎。
斯丹法诺	我吗？赏你这一拳。要是喜欢的话，下次再说我撒谎。（痛打特林鸠罗）
特林鸠罗	我没有说啊。您不清醒，也聋了吗？去您那酒瓶！灌酒灌成这副德行。我咒您的怪物长猪瘟，魔鬼拿走您手指！
凯列班	哈，哈，哈！
斯丹法诺	（对凯列班）好了，继续说下去。——（对特林鸠罗）拜托，站远点儿。
凯列班	揍他个痛快。过一会儿， 我也要揍他。
斯丹法诺	（对特林鸠罗）站远些。——（对凯列班）好，说下去。
凯列班	哦，我跟你讲过，他有个习惯 要睡午觉。那时候你可以把他脑浆打出来， 但要先夺走他的魔法书。或者用粗木棍 打他脑壳，或者拿木桩戳进他肚子， 或者用你的刀子割他的气管。记得 先拿他的书，因为，没有了它们 他不过就是个白痴，跟我一样，也没 一个精灵供他使唤：他们都恨他， 跟我一样恨他入骨。只要烧了他的书。 他有些精美的器皿——他是这么说的—— 等他有了房屋，他要用来装饰。 而最要深思熟虑的是 他女儿的美貌。他自己 说她无可比拟。我没见过女人，

除了我娘西考拉克斯，跟她，

但她远远胜过西考拉克斯，

好比最大胜过最小。

斯丹法诺　　是这么标致的姑娘啊？

凯列班　　是的，大人。她适合为你侍寝，我保证；

也会替你养一窝俊美的儿女。

斯丹法诺　　怪物啊，我要杀了这个人，他女儿和我要当王与后——愿神保守我们两位君主！——特林鸠罗和你自己要当总督。你喜欢这个计谋吗，特林鸠罗？

特林鸠罗　　好极了。

斯丹法诺　　把手伸出来，对不起我打了你。不过，你有生之年，嘴巴别乱讲。

凯列班　　半个钟点以内他会睡着。

那，你会去干掉他吗？

斯丹法诺　　会，凭我荣誉保证。

爱丽儿　　（旁白）这个我要告诉主人。

凯列班　　你使我快活；我满心欢喜，

我们来开心一下。你们唱一唱

刚刚教我的轮唱曲好吗？

斯丹法诺　　你的请求，怪物，在合理范围内，我都答应。来吧，特林鸠罗，咱们就唱。

（唱）

叫他们难堪，叫他们羞惭，

叫他们羞惭，叫他们难堪，

思想要自由。

凯列班　　不是那调子。

爱丽儿用小鼓和笛子奏出曲调

斯丹法诺	这是什么啊？
特林鸠罗	这是我们轮唱曲的调子，由"莫有人"[1] 演奏。
斯丹法诺	你若是个人，就现出原形来；若是个魔鬼，那就随你便。
特林鸠罗	啊，饶了我的罪过！
斯丹法诺	死翘翘，宿债了[2]。我才不怕你。——发发慈悲吧![3]
凯列班	你害怕了吗？
斯丹法诺	不，怪物，我不怕。
凯列班	别害怕，这岛上充满了音乐、 声响和甜美的曲子，愉悦而不伤人。 有时候上千种弦乐器 在我耳边铮琤；有时候是歌声， 如果我久睡之后醒来， 会使我回头又睡；还有在梦中， 层云像是要开启，看到财宝 正要落在我头上，我就醒来， 又哭着要回去做梦。
斯丹法诺	这对我该是美妙的王国，可以享受免费的音乐。
凯列班	要等普洛斯彼罗死了。
斯丹法诺	那也快了。我记得这回事。 *爱丽儿奏乐下*
特林鸠罗	这声音渐渐离开了。咱们跟上去，然后再办事。
斯丹法诺	带路吧，怪物。我们跟着去。但愿能见到这个鼓手，他越打越来劲。

---

1 "莫有人"：原文 picture of Nobody，是出现在 17 世纪许多印刷品上的一个有头、手、脚，但长裤穿到脖子上，看不到身躯的木刻人像。——译者附注

2 死翘翘，宿债了：原文 He that dies pays all debts，源于俗语 Death pays all debts（death 发音近 debts），斯丹法诺用来自我安慰。——译者附注

3 斯丹法诺 的勇气立即崩溃。或许爱丽儿有什么动作吓到了他。——译者附注

特林鸠罗　（对凯列班）你不来吗？我要跟着斯丹法诺。　　　　众人下

第三场　/　第七景

阿隆佐、西巴斯辛、安东尼奥、贡柴罗、阿德里安、弗兰西斯科及其他人上

贡柴罗　　圣母为证，我走不动了，陛下。
　　　　　　我的老骨头痛。这真是在
　　　　　　曲曲直直的迷宫走来走去。求您开恩，
　　　　　　我非休息不可了。

阿隆佐　　老枢密，我不能怪你，
　　　　　　我自己也已经疲累得
　　　　　　精神不济了。坐下来歇息吧。
　　　　　　就在此地我要放弃希望，不再
　　　　　　让它哄骗我。他[1]已经淹死了；
　　　　　　我们这般迷途寻觅，大海嘲笑
　　　　　　我们徒然在陆地上找。罢了，让他去吧。

安东尼奥　（旁白。对西巴斯辛）我很高兴他如此丧失希望。
　　　　　　别让一次的挫败使您放弃
　　　　　　决心完成的目标。

西巴斯辛　（旁白。对安东尼奥）下一次机会我们要好好把握。

安东尼奥　（旁白。对西巴斯辛）就在今夜。

1　指王子腓迪南。——译者附注

> 因为经过旅途劳顿，他们
>
> 不会，也无法，保持警觉，
>
> 像起初那样。

肃穆奇异的乐声起，普洛斯彼罗隐形自高台上。其他几个怪物抬一桌酒席上，并以高雅的致敬动作绕酒席跳舞；他们邀请国王及其他人入席后即离去

西巴斯辛　（旁白。对安东尼奥）我说今夜。到此为止。

阿隆佐　这是什么乐音呐？各位好友，听啊！

贡柴罗　太美妙的音乐。

阿隆佐　求赐我们守护天使，老天。这些是什么？

西巴斯辛　是活人演的偶戏。现在我相信

　　　　　麒麟的存在，相信在阿拉伯

　　　　　有一棵树，是凤凰的宝座，一只凤凰

　　　　　此刻正在那里当王。

安东尼奥　两者我都相信。

　　　　　还有其他什么难信的，来找我，

　　　　　我都发誓真有其事：旅行者从不撒谎，

　　　　　尽管足不出户的傻瓜斥责他们。

贡柴罗　要是在那不勒斯

　　　　　我现在报告这件事，他们会相信吗？

　　　　　我若是说我见到这种岛民——

　　　　　因为这些一定是岛上的居民——

　　　　　他们虽然形状怪异，但要注意，

　　　　　他们的举止却温柔、善良，胜过

　　　　　您在我们人类中可以找到的

　　　　　许多人，甚至任何人。

普洛斯彼罗　（旁白）诚实的大人，

　　　　　说的不错，因为你们在场有些人

比魔鬼还要坏。

阿隆佐　简直太奇妙了，

这种形体，这种姿态，这种音声，表达出——

虽然他们没有用语言——一种

高妙的无声言谈。

普洛斯彼罗　（*旁白*）临别再赞美吧。[1]

弗兰西斯科　他们消失得很奇特。

西巴斯辛　没关系，既然

他们把食物留下来了；因为我们有胃口。

您来尝尝这里的东西好吗？

阿隆佐　我不要。

贡柴罗　老实说，陛下，您不必害怕。咱们小时候，

谁会相信有山地人，

脖子像公牛似的，喉咙挂着

肉做的袋子[2]？或是说，有些人的

头长在胸前？如今我们发现，

每个远游归来的旅人[3]都会带给我们

确凿的证据。

阿隆佐　我要用餐，即使

这是我最后一顿。没关系，反正我觉得

最好的日子已成过去。弟弟、公爵大人，

过来用餐，跟朕一样。

1　原文 Praise in departing 为谚语，意即"等事情完全结束时再赞美也不迟"。

2　可能是患甲状腺肿的人。——译者附注

3　远游归来的旅人：原文 putter-out of five for one，指远游者出发前交给经纪人一笔钱，若是能回来并且能证明确实到过目的地，则可以得到五倍的钱，否则该笔金额归经纪人。putter-out 指经纪人或旅人。

雷鸣电闪。爱丽儿作鸟身女妖[1]形象上。他用翅膀拍桌，然后，通过巧妙的机关，酒席消失

爱丽儿　　　你们三个身负罪孽的人，掌控

下界以及其中万物的命运之神

使那贪婪无厌的大海

把你们吐出来。在这岛上，

这无人居住的荒岛——你们是

世间最不配存活的人——我令你们

发狂；并且以疯狂之勇自己上吊、投水。

（阿隆佐、西巴斯辛与安东尼奥各自拔剑）

你们是笨蛋，我

和我的伙伴乃天使神差。铸造

你们剑的材质，伤不了喧嚣的风，

可笑的刺戳也杀不死

永远复合的水，怎能减损

我一根细羽毛？我的神差伙伴

同样刀枪不入。就算你们能够伤害，

你们的剑现在也太沉重，凭你们的力气，

举不起来。但是要记住——

因为这是我来的目的——你们三个

把善良的普洛斯彼罗逐出米兰，

把他和他无辜的孩子丢到大海

——海却救了他们。为那一桩恶行

1　鸟身女妖（harpy）：古希腊神话中的一种妖，头和身子似女人，长有翅膀和鸟爪，有时被当作神圣复仇的使者。

上天虽然延迟——并没忘记 [1]——

搅动大海与岸滩，没错，一切生灵，

使你们不得安宁。你的儿子，阿隆佐，

他们已经夺走；并且要我宣告，

凌迟的毁灭——尤惨于任何

立即死亡——将会一步步临到

你们和你们的前途上。想避免天怒

在这荒凉无比的岛上降落

你们头上，唯有内心的忏悔

以及日后革新的生活。

他消失于雷声中。接着，柔和的音乐声里，那些怪物重上，跳舞、扮鬼脸嘲弄，搬走餐桌离去

普洛斯彼罗　你这鸟人体态扮演得高明，

我的爱丽儿：吞吃得很优雅 [2]。

在你话里我的指示一样都没

遗漏。同样地，我那些低阶的

精灵也以生动的方式，认真完成

他们各自的角色。我高明的法术奏效：

这些人，我的仇敌，乱成一团，

发了疯。他们如今在我掌控之中；

且任他们情急绝望，我要去看看

年轻的腓迪南——他们以为他淹死了——

1　参照俗谚 God stays long but strikes at last（神耐心等候，但终会出手），类似"不是不报，时候未到"的说法。——译者附注

2　吞吃得很优雅：原文是 a grace it had, devouring，原注解释 devouring 为 all-consuming（强烈的），但也指出可能爱丽儿在演出中吃了酒席里的食物（devour 本义为吞噬）。有些版本在 had 之后没有逗号，并认为爱丽儿在拍翅膀的时候，制造出吞吃酒席的假象。——译者附注

| | 还有他跟我的宝贝。 | 自高台下 |

贡柴罗 我凭圣洁之物请问陛下，您为何
站在这里两眼发愣？

阿隆佐 啊，恐怖，恐怖！
我觉得波涛在说话，把这事告诉我，
风声对着我唱这件事，而雷鸣——
那深沉可怕的风琴管——发出
普洛斯彼罗的名字：沉重宣告我的罪过。
为此我儿子躺在海底污泥里；
我要到比铅锤所到更深之处
去找他，跟他共躺污泥里。　　　　　　　下

西巴斯辛 只要是一次对付一个魔鬼，
我可以把他们打得落花流水。

安东尼奥 我来当你的帮手。　　西巴斯辛与安东尼奥下

贡柴罗 他们三个都绝望了。他们的重罪，
像是久久之后才发作的毒药，
现在开始啃食他们的官能。我恳求
你们——动作敏捷的——快快跟上去，
阻止他们因为太过激动
而做出什么来。

阿德里安 各位，请跟我来。　　　　　　　　众人下

第四幕

第一场 / 第八景

普洛斯彼罗、腓迪南与米兰达上

普洛斯彼罗　　（对腓迪南）如果我对您[1]处罚过分严厉，
　　　　　　　　您得到的报偿足以弥补，因为我
　　　　　　　　已经给了您我生命中的重要部分，
　　　　　　　　也可说是我活下去的理由——我再次
　　　　　　　　把她托付于你[2]。你受到的一切折磨
　　　　　　　　不过是我在考验你的爱情，而你
　　　　　　　　完美地通过了测试。在此，苍天为证，
　　　　　　　　我批准这份丰美的赠礼。腓迪南啊，
　　　　　　　　不要笑我如此夸她，因为
　　　　　　　　你会发现她将超越一切赞美，
　　　　　　　　使它跛足落在后面。

腓迪南　　　我绝对相信，即使神谕相反。

普洛斯彼罗　那么，把这当作我的礼物[3]，以及你自己
　　　　　　　　努力所应得的，收下我的女儿吧。然而，
　　　　　　　　假如你竟先行打破她的贞操，
　　　　　　　　而不待所有圣洁仪式，包括

1　您（you）：贵族之间客气的称呼。——译者附注
2　你（thy）：普洛斯彼罗开始以比较亲昵的"你"称呼准女婿。——译者附注
3　当作我的礼物：本版原文作 as my guest（作为我的客人），但其他版本多作 as my gift，更为
　　通顺，今从之。——译者附注

正式神圣的礼法都已完成，

上天绝不会洒下馨香的圣水

来栽培这个婚姻；倒是不孕的忿怒、

酸楚的蔑视以及勃谿会以

可憎的野草覆盖你们的喜床，

使你们两人都痛恨。因此要谨慎，

好让婚姻之神[1]光照你们。

腓迪南　　既有了

现在这样的爱情，我希望日子安稳，

子孙美好，长命百岁；最昏暗的洞穴、

最方便的处所、我们劣根性

最强烈的诱惑，都绝不会融化

我的荣誉成为肉欲，夺走

大喜之日无垢的欢庆——那一天

我会觉得太阳神的骏马[2]跛腿，

不然就是黑夜被拘禁在下界。[3]

普洛斯彼罗　　说得好。

那就坐下跟她谈话。她是你的了。

（腓迪南与米兰达坐下谈话）

现在，爱丽儿！我勤勉的仆人，爱丽儿！

爱丽儿上

爱丽儿　　万能的主人有何吩咐？我在这里。

1　婚姻之神：即亥门（Hymen），希腊、罗马神话里的婚姻之神，通常以身着黄袍、手提火炬的男子为象征。

2　希腊神话中，太阳神福玻斯（Phoebus）驾驭着马车，行过天际。

3　腓迪南想象新婚之日他会迫不及待地期待夜晚降临。——译者附注

普洛斯彼罗	你和你手下的伙伴们，前一件差事 办得好，我还得运用你们 另做一件类似的把戏。去把那些家伙， 就是我授权你统管的，带到这里。 叫他们动作要快，因为我必须 让这对年轻人亲眼看看 我巧妙的把戏。这是我的承诺， 他们对我有此期待。
爱丽儿	立刻就要？
普洛斯彼罗	对，一眨眼的工夫。
爱丽儿	您还没说"来"啊"去"， "如此，这般"讲两句， 个个精灵轻快跑， 早已噘嘴来报到。 您要爱我，好不好？
普洛斯彼罗	爱极了，我灵巧的爱丽儿。听到 我喊你才可以过来。
爱丽儿	好，我明白。
普洛斯彼罗	（对腓迪南）你要有诚信。不可过度放肆 调情：再坚强的誓言碰到热血的 火焰，也如同干草。多节制点， 否则您就同誓言告别了。
腓迪南	我向您保证，大人， 我怀里纯白冰雪般的贞节[1]

下

---

1 指米兰达的贞静纯洁。此时米兰达可能埋首在腓迪南怀中。——译者附注

消除了我胸中 [1] 的激情。

普洛斯彼罗 好。

现在过来，我的爱丽儿！宁可多带些，

也别少带了精灵。现身，快。

不许作声！注意看！安静。[2]

乐声轻柔。彩虹女神伊里斯 [3] 上 [4]

伊里斯 刻瑞斯 [5]，最丰饶的女神，你肥美

田地长满种种麦子和豆类 [6]；

绿草覆盖你的山头，供应群羊，

平坦草原遍布干草 [7]，将它们喂养；

你的河岸经过挖掘、围上树篱笆，

到湿答答的四月听你吩咐开花，[8]

给贞静水仙子做冠冕；你的金雀花荫，

失恋的单身汉爱在那里藏隐，

疗养情伤；你修剪过的葡萄园，

还有那岩石坚硬不毛之地的海边，

你去那里呼吸新鲜空气。我乃

---

1 我胸中：原文 my liver（我肝脏）。当时的人认为肝脏是性欲所在之处。

2 必须保持安静，法术才能成功。——译者附注

3 伊里斯（Iris）：彩虹女神，兼为诸神之信使。

4 以下这一段假面戏（masque）盛会，诸仙的台词与歌词均以双行体韵文（couplet）为主，有别于本剧主要使用的无韵诗（blank verse）。——译者附注

5 刻瑞斯（Ceres）是掌管收获及土地之女神。

6 种种麦子和豆类：原文列出小麦、黑麦、大麦、野豌豆、燕麦和豌豆。此处为求押韵，稍作更动。——译者附注

7 干草：原文 stover 即指干草（hay），为牛羊冬天的食物。

8 俗语有 April showers bring forth May flowers（四月雨，五月花）之说。——译者附注

天后 [1] 的彩虹兼信使。她请你离开

那些地方，陪同淑德的天后，

朱诺从天而降，乘坐车辇

到这块草地来，就在此恭候，

寻欢作乐。她的孔雀 [2] 飞得快。

来呀，富足的刻瑞斯，将她款待。

刻瑞斯上

刻瑞斯　　　　你好哇，多彩的上界信使，

你是从不违背朱庇特 [3] 妻房的指示；

你橙红的翅膀，为我的花卉

洒下清凉的阵雨、甜美的露水，

你湛蓝弓柄的末端覆盖

我起伏的山丘和树丛低矮，

是我灿烂大地的鲜艳披巾。

你的天后为何召我来这矮草林？

伊里斯　　　　为了祝贺一个真爱的婚约，

并且欣然奉赠礼品一些

给幸福的俦侣。

刻瑞斯　　　　告诉我，美丽的天虹，

维纳斯或她的儿子 [4]，你一定懂，

他们可正陪侍着天后？自从他们设计，

1　天后（queen）：即朱诺（Juno）。

2　孔雀（peacocks）是朱诺的圣禽，替她驾车。

3　朱庇特（Jupiter）：罗马神话中的天王，亦称乔武，相当于希腊神话中的宙斯（Zeus）。——译者附注

4　维纳斯（Venus）是爱神，她的儿子是丘比特（Cupid）。

让暗界的冥王[1]夺走我的爱女，

我就和她跟她那瞎眼儿子[2]断绝

可耻的往来。

伊里斯　　不必害怕

她来加入。我见到她的神驾

穿过云层前往帕福斯[3]，她儿子

同她坐在鸽辇[4]上。原想在此

对新人施些放浪的法术，但白费

功夫；因为他们发过誓，绝不会

享受床第之欢，除非婚神火炬点燃[5]。

战神淫荡的情妇于是折返，

她那动怒的儿子把自己的箭折断，

发誓不再发射，只跟麻雀[6]玩，

单做个老实的男孩。

刻瑞斯　　至高的天后已到达，

（朱诺下辇）

伟大的朱诺：看那风度[7]就知是她。

朱诺　　我富饶的妹妹可好？跟我去

祝福这一对，使他们兴旺富裕，

1　暗界的冥王（dusky Dis）：指冥界之主普路同（Pluto），他靠着维纳斯和丘比特的帮助，绑架了刻瑞斯的女儿普洛塞尔庇娜（Proserpine）到阴间当他的王后，每年在那里陪他半载。

2　爱神丘比特是瞎子。

3　帕福斯（Paphos）：位于塞浦路斯（Cyprus），是维纳斯崇拜者之城。

4　鸽辇：鸽子（doves）是爱神之鸟，负责替维纳斯驾车。

5　象征婚礼完成。

6　麻雀（sparrow）一般认为是淫乱的鸟。

7　朱诺以风度高雅知名。——译者附注

子孙耀祖光宗。

朱诺 （两人唱）

荣誉、财富、幸福姻缘，

日益增长，不断绵延，

时时刻刻享受欢愉，

朱诺歌唱，赐福于你。

刻瑞斯 富足丰盈，地物增产，

六畜兴旺，五谷仓满，

葡萄成串，发育成长，

结实累累，果树兴旺。

秋收才放入仓廪，

早春已翩然降临。

匮乏贫穷躲得远远，

我刻瑞斯如此祝愿。

腓迪南 这真是最为壮丽的幻景，如此

和谐美妙。我斗胆认为

这些是精灵吧？

普洛斯彼罗 是精灵，是我通过法术

把他们从禁闭之处召来，演出

我此刻的憧憬。

腓迪南 让我永远住在这里：

如此令人叹服的岳父，并且明智，

使此地成为天堂。

普洛斯彼罗 哎，亲爱的，安静！

朱诺和刻瑞斯正低声严肃交谈。

还有别的事要办。嘘，别出声，

否则会破坏我们的幻术。

朱诺与刻瑞斯低语，差派伊里斯去办事

伊里斯　　　众位那伊阿得斯 [1] 水中仙，家住小河蜿蜒，

离开你们潺潺的溪流，回应

一脸天真无邪，头戴莎草冠冕，

呼召到此绿地：这是朱诺的命令。

来吧，温柔贞静的水仙，帮同庆祝

一个真爱的婚约，不得延误。

若干水泽神女上

众位八月的收割朋友，晒得黑又累，

快离开犁沟到这儿快活一回。

尽情欢乐唷，把你们的麦草帽戴上，

人人找一位贞静的水仙姑娘

跳一支乡下舞。

数收割者穿着整齐上；他们与水泽神女合跳一支优雅的舞。[2] 快结束时，普洛斯彼罗突然惊起说话。之后，响起一阵奇特、深沉、混乱的声音，众舞者缓缓消逝 [3]

普洛斯彼罗　（旁白）我忘了凯列班那畜生和他的

同伙想害我性命的邪恶

阴谋。他们策划的时刻

就要到了。——（对众精灵）演得好。离开吧，够了！

腓迪南　　　（对米兰达）真是奇怪：令尊情绪激动不安，

深深扰乱了他。

米兰达　　　在这之前我从没有

1　那伊阿得斯（Naiads）：水泽神女（water nymphs）。

2　男女跳舞象征结合与和睦。这里的水泽神女代表贞节，收割者代表繁殖力。——译者附注

3　盛会结束，回到主戏，同时不再使用韵文，回归无韵诗为主的对白。——译者附注

见过他生气，如此心神不宁。

普洛斯彼罗　看来啊，贤婿，你真有点难过，

像是有些震惊。打起精神吧，先生。

盛会到此结束。我们这些演员，

我说过了，都是精灵，已经

溶入空气之中，溶入稀薄的空气；

而正如这场无根的幻景一般，

耸入云霄的高楼、华丽的宫殿、

庄严的庙宇、伟大的地球[1]本身，

不错，它所有的一切，都将消逝，

就像这场虚渺的盛会逐渐隐没，

不着一点儿痕迹。我们的本质

跟梦境一样；我们短暂的生命

到头来以睡眠结束。先生，我心烦恼，

原谅我的软弱；我头脑混乱，

别因为我的弱点而受到干扰。

喜欢的话，就到我的洞穴

休息吧。我要走动走动，

平复我怦然的心。

腓迪南和米兰达　祝福您安宁。　　　　　　　　腓迪南与米兰达下

普洛斯彼罗　转念就到。谢谢你，爱丽儿。来！

爱丽儿上

爱丽儿　　你一动念我就回应。你有何吩咐？

普洛斯彼罗　精灵，咱们得准备去见凯列班。

爱丽儿　　是，我的指挥官。我演出刻瑞斯的时候，

1　地球（globe）：双关语，指世界，也指莎士比亚剧团的环球剧场（the Globe Theatre）。

就想要告诉你这件事，却又怕
会惹你生气。

普洛斯彼罗 再说一遍，你把这些混蛋丢在哪儿了？
爱丽儿 我报告过您，大人，他们喝得通红，
勇气十足，向空气挥拳，
怪它吹拂他们的脸；向土地顿足，
怪它亲吻他们的脚。不过一直在
进行他们的计划。然后我打起小鼓，
这时，他们像未驯服的小马，竖直耳朵，
张开眼皮，翘起鼻子，好像在
嗅音乐似的。他们的耳朵陶醉极了，
居然像牛犊一般，随着我的哞叫，穿过
锐利多刺的荆棘、荆豆、金雀枝、蒺藜，
这些个戳入他们柔弱的小腿。最后把他们
丢进您洞穴后面污泥烂草覆盖的池子里，
在那里淹到下巴，手舞足蹈，搅得臭水池
比他们的脚还臭。

普洛斯彼罗 办得好哇，我的小鸟[1]。
你还是继续隐藏身形。
我屋里中看不中用的玩意儿，去拿过来，
好诱捕这些贼。

爱丽儿 我去，我去。　　　　　　　　　　　　下

普洛斯彼罗 魔鬼，天生的魔鬼，对他的本性
教化根本是白搭。我对他煞费苦心，
本乎善意所做的，一切，全都枉然，徒劳。

---

1 小鸟：原文 bird，爱称。——译者附注

而就如他的身体越长越丑陋，

他的心也越恶毒。我要折磨他们，直到

呼天抢地。来，把这些挂在这菩提树上。

爱丽儿扛着炫亮的衣物等上，爱丽儿挂衣物

凯列班、斯丹法诺与特林鸠罗全身湿透上，普洛斯彼罗与爱丽儿退至一旁

凯列班　　　拜托，脚步轻些，免得这只瞎眼的鼹鼠听到脚步声。咱们现在快到他的洞窟了。

斯丹法诺　　怪物啊，您[1]那小妖精[2]，您说他没有恶意，却充分耍了我们。

特林鸠罗　　怪物啊，到现在我闻到的全是马尿，我的鼻子很愤怒。

斯丹法诺　　我的也是。您听到没有，怪物？俺要是对您不爽，您可就——

特林鸠罗　　你可就是倒了大霉的怪物。

凯列班　　　我的好主人，你要永远恩宠我。

忍耐点，我给你带来的战利品

足以遮盖这不幸。所以说话轻声些，

像在半夜那样安静。

特林鸠罗　　好，但是把咱们的酒瓶丢在池子里！

斯丹法诺　　那不只是羞耻兼丢人，怪物，还是绝大的损失。

特林鸠罗　　那对我来说比全身湿透还严重。怪物，这就是您没有恶意的小妖精。

斯丹法诺　　我要去把我的酒瓶找回来，就算因此淹过耳朵[3]也要。

1　您（you）：斯丹法诺一改口吻，以敬语"您"称呼凯列班，语气嘲讽、威胁兼而有之。——译者附注

2　小妖精（fairy）：指爱丽儿。

3　淹过耳朵（o'er ears）：也可解为"淹死"。——译者附注

凯列班	拜托，陛下，安静。你看这里， 这就是洞口了。不要作声，进去。 去干那件大好的坏事，好使这岛 永远属于你，我也是你的凯列班， 一辈子做你的舔脚人。
斯丹法诺	手伸过来。[1] 我开始有杀人的念头了。
特林鸠罗	（看见衣裳）啊，斯丹法诺国王，啊，贵人！啊，尊荣的斯丹法诺，你看这儿有何等的衣裳要给你！ [2]
凯列班	别理会，你这笨蛋。这只是垃圾。
特林鸠罗	哦，呵，怪物啊，我们知道二手衣铺的货色。[3] 啊，斯丹法诺国王！（穿上一礼服）
斯丹法诺	把那件脱下，特林鸠罗。我举手发誓，我要那件袍子。
特林鸠罗	这是陛下的。
凯列班	让水肿把这笨蛋淹死。你们什么意思， 这样迷恋这些累赘？不要管， 先把谋杀的事干了。要是他醒过来， 他会掐我们全身皮肤，从脚趾到头顶， 把我们变成怪物。
斯丹法诺	请您安静，怪物。——绳线夫人，这不是我的紧身上衣吗？ （取下来）现在紧身衣在线下面了。现在，紧身衣，您可会

---

1 斯丹法诺可能跟凯列班握手（承诺），或是扶起匍匐的凯列班。——译者附注

2 特林鸠罗这段话引用了一支流行的歌谣 King Stephen was a worthy peer，歌词如下：

King Stephen was a worthy peer, 斯蒂芬国王着实可敬佩，

His breeches cost him but a crown, 一条裤子只花他一块钱，

He held them sixpence all too dear, 他觉得超出六便士，嫌贵，

Therefore he called the tailor lown. 于是骂那个裁缝真能骗。——译者附注

3 意思是说，这些衣裳可是精品。——译者附注

脱毛，成了无毛紧身衣。[1]

特林鸠罗　好，好。报告陛下，咱们偷东西是有准绳的[2]。

斯丹法诺　谢谢你这个玩笑。（递给特林鸠罗一衣裳）这件衣裳给你：只要我当这里的国王，才智不会没有奖赏的。"偷东西有准绳"，这话说得妙。（递给他另一件）再给你一件。

特林鸠罗　怪物，来把您的手指涂些胶，把其他的都拿去。

凯列班　我一件都不要。我们会错过时间了。
　　　　大家都变成呆鹅，或是大猩猩[3]，
　　　　额头矮得丑陋。

斯丹法诺　怪物，动动您的手指，把这些搬到我放大酒桶的地方，不然俺就把你赶出俺的王国。快把这拿走。

特林鸠罗　还有这个。（他们把衣裳堆在凯列班身上）

斯丹法诺　对，还有这个。

猎户追猎声。精灵数人扮成猎狗上，在普洛斯彼罗和爱丽儿嗾使下，追得他们满场跑

普洛斯彼罗　嘿，大山，嘿！

爱丽儿　白银！那边去了，白银！

普洛斯彼罗　（凯列班、斯丹法诺与特林鸠罗被逐下）
　　　　愤怒，愤怒！那边，暴君，那边。听好！听好！
　　　　（对爱丽儿）去，命令我的小妖精折磨他们，
　　　　使关节抽筋，使他们的肌腱像
　　　　老人那样痉挛，把他们掐得斑斑乌青，

1　"线（line）"有几重含意：（1）晾衣服的绳子；（2）赤道线；（3）外阴部。因此"在线下"表示从绳子取下或在赤道以南，或（比喻）在外阴以下；水手可能因为发烧或染梅毒而脱发。许多紧身上衣是用动物毛皮或皮革（无毛）制成。

2　有准绳的：原文 by line and level 意为"有条有理"。这是承前文"绳线"的双关语而来。

3　鹅（barnacles）和猩猩（apes）都代表愚蠢。

多过豹子或山猫。

爱丽儿　　听啊，他们在狂叫。

普洛斯彼罗　让他们被追猎个痛快。此刻
　　　　　　所有仇家都任凭我摆布。
　　　　　　我的一切工作即将结束，而你
　　　　　　将会有自由的空气。暂时呢，
　　　　　　跟过来，替我做点事。　　　　　　同下

第五幕

第一场 / 第九景

普洛斯彼罗着法师袍与爱丽儿上

普洛斯彼罗 现在我的计划即将完成。

我的法术没有失败，精灵听话，

时间大人也走得稳当。几点了？

爱丽儿 六点。这个时候，我的主人，

您说过我们的工作应当结束。

普洛斯彼罗 我是说过，

在我掀起暴风雨的时候。说说看，

精灵，国王和他的随从怎样啦？

爱丽儿 都关在一起，

就照着您离开他们时

吩咐的样子；都是囚犯，大人，

在遮蔽您洞窟的菩提树林里。

除非您释放，他们动弹不得。国王、

王弟、令弟三人还继续发疯，

其他人为他们哀伤，

忧愁惶恐泪眼盈眶，特别是

大人您称为老好阁下贡柴罗的那位。

他的泪水淌到胡须，像冬天水滴

从茅草屋檐落下。您的法术大大影响

他们，若是您现在见到他们，您的心肠

会变得柔软。

普洛斯彼罗　你这样认为，精灵？

爱丽儿　　　我是会的，大人，如果我是个人。

普洛斯彼罗　我当然会。

你，不过是空气，都有感觉，同情
他们的苦楚，难道我自己，
他们的一个同类，能够深切
感同身受的人，不比你更能同情？
尽管他们罪大恶极令我痛心疾首，
我还是站在高贵理智这边，
压抑怒火：难能可贵的举动是
善行而不是复仇。他们既已悔悟，
我想达到的唯一目的里就不再增添
怒气。去，去释放他们，爱丽儿，
我的法术我要解除，他们的知觉我要恢复，
让他们变回原来的自己。

爱丽儿　　　我去带他们来，大人。　　　　　　　下

普洛斯彼罗　你们这些小精灵听好了：无论你们
是在山丘、溪流、静湖、树丛里；
是退潮时在沙滩追逐海神
不留足迹，但他一回来就逃窜；
是月光下弄出母羊不肯吃的
绿色酸味"小仙圈[1]"；还是以

1　小仙圈（green sour ringlet）：亦称 fairy ring，即菌环；草上有深色圆圈，传说是小仙人跳舞造成，实为菌类。

制作"半夜蘑菇[1]"为消遣，一听到
晚钟[2]就欢欣鼓舞的——你们虽然
能力不强，但我靠着各位帮助，
曾遮蔽正午的太阳，呼召叛逆的风，
在碧绿大海和湛蓝天空之间
发动咆哮的战争[3]。恐怖轰隆的雷，
我给它火力[4]，用乔武自己的闪电
劈开他坚实的橡树[5]。牢固的海角
我使它震动，把松树杉树连根
拔起。坟墓听我的命令唤醒
长眠的人，张开口，借着我高强的
法力放他们出来。（以杖在地上画一圆圈）
但这粗暴的法术
我在这里发誓弃绝。等我宣召了
天界的音乐——我现在就召唤——
让空中精灵的魔法作用在他们的感官，
以达成我的目的，我就要折断法杖，
把它埋在地下几㖊[6]深处，
并把法书沉入测锤未曾
测度的深深海底。

1　半夜蘑菇（midnight mushroom）：一夜之间长出来的蘑菇；传说中，伞菌（toadstool）尤
　其与精灵相关。
2　晚钟（curfew）：晚上九点敲的钟声。传说从这时到天明，精灵可以自由活动。
3　咆哮的战争（roaring war）：亦即暴风雨。
4　火力（fire）：亦即闪电。
5　橡树（oak）与天王乔武相关联。
6　一㖊（fathom）约等于六英尺。

肃穆乐声起，爱丽儿首先上场，接着是阿隆佐，发狂状，贡柴罗一旁照顾；西巴斯辛与安东尼奥亦然，由阿德里安和弗兰西斯科照顾。一行人走进普洛斯彼罗画好的圈子，着魔地站在那里。普洛斯彼罗见状，说道：

（对阿隆佐）

愿肃穆的音乐，胡思乱想症

最有效的抚慰，医治你的头脑；

它如今毫无用处，在你脑壳里沸腾！——

（对西巴斯辛与安东尼奥）

站好别动，你们被符咒镇住了。

（对贡柴罗）可敬的贡柴罗，正人君子，

我的眼睛，看到你眼睛的样子，

也落下同情的泪。——（旁白）符咒迅速消除，

犹如早晨悄悄追上夜晚，

融化了黑暗，他们渐醒的知觉

也开始驱走笼罩他们清醒理智的

昏昧瘴气。——善良的贡柴罗啊，

我真正的救命恩人，也是陛下的

忠诚侍臣，我会以言词和行动

充分答谢你的恩惠。——残酷极了，

阿隆佐，你对待我和我的女儿；

你弟弟是那件事的帮凶。——

因此你现在受苦，西巴斯辛。——

（对安东尼奥）同胞血肉啊，

您 [1]，我的兄弟，因为野心勃勃，

抛弃了怜悯与手足之情。跟西巴斯辛——

1　您（you）：普洛斯彼罗在此以敬语称呼其弟，讽刺之意明显。——译者附注

这人的良心因此[1]最受煎熬——

差一点杀害你们的国君。我要饶恕你，

尽管你泯灭人性。他们的理解力

开始增长，如涨潮般即将

淹没此刻仍然污秽泥泞的

理性海岸。他们没有一个

在看着我，或是认得我。爱丽儿，

把我洞里那帽子和配剑[2]拿来。

我要脱下衣服，还我原来

米兰公爵的面貌。快去，精灵：

你不久就会自由了。（爱丽儿取了帽和剑，立返）

爱丽儿唱着歌，帮他穿衣：

爱丽儿　　蜜蜂吸蜜处，我也去饮啜；

金钟花儿里，我轻松高卧。

悠然休息静听猫头鹰。

骑着蝙蝠我四处飞行，

追逐夏日逍遥游。

逍遥啊逍遥，从今以后

尽情在枝头花下享受。

普洛斯彼罗　　啊，真是我灵巧的爱丽儿。我会怀念

你，但一定会给你自由。

（整理着装）嗯，好，好。[3]

1　因此（therefore）：指的是因试图弑君（也是弑兄）而良心痛苦（见下一行）。普洛斯彼罗语序
　颠倒，显示心情激动。——译者附注

2　帽子和配剑（hat and rapier）：贵族的常见穿戴要件。——译者附注

3　普洛斯彼罗整理着装和配剑，感觉满意。——译者附注

去国王船上，还是这样隐形。

你会发现水手们熟睡

在舱口下；船长和水手长

醒着。催他们来这儿；

立刻就去，拜托。

爱丽儿 我会吞灭阻挡的空气，在您

脉搏跳不到两次之前回来。   下

贡柴罗 一切磨难、苦恼、诧异、惊吓

全在这里。求上天神力引导我们

离开这恐怖的国度！

普洛斯彼罗 请看，国王大人，

受到委屈的米兰公爵，普洛斯彼罗。

为了更能证明是个活着的亲王

在跟你[1]说话，我拥抱你的身体，

（拥抱他）并且向你和你的随员，表达

由衷的欢迎。

阿隆佐 你究竟是不是他，

还是什么幻象要来欺虐我——

像不久前那样——我不知道。你的脉搏

跳动，如同血肉之躯。自从见了你，

我心头的痛苦渐渐消去；只怕那是

原先使我疯狂的。这一切——如果

确实是真的——必然有个最奇特的故事。

1　普洛斯彼罗不用敬语"您"而以"你"称呼地位在他之上的阿隆佐国王，或许仍有不齿之
　　意。——译者附注

你的公国我放弃 [1]，也诚心恳求

你饶恕我的过犯。但普洛斯彼罗怎么会

活着，而且在这里？

普洛斯彼罗 （对贡柴罗）首先，尊贵的朋友，

容我拥抱你老人家；你的忠诚

浩瀚无可量度。

贡柴罗 这是真的

还是假的，我不敢发誓保证。

普洛斯彼罗 你们还受到

岛上一些魔幻的影响，因此无法

相信真实事物。欢迎，各位朋友。——

（旁白。对西巴斯辛与安东尼奥）

可是你们，我的两位大人，我若有意，

现在就可以教陛下龙颜大怒，

证明你们是叛逆；在这个时候，

我不要举发。

西巴斯辛 （旁白。对安东尼奥，但被普洛斯彼罗听见）

是魔鬼在他里面说话。

普洛斯彼罗 不是。——

（对安东尼奥）至于您 [2]，邪恶透顶的大人，

称你为兄弟

甚至会玷污我的嘴，我真心原谅

你最卑鄙的过犯——一切过犯——并要求

你归还我的公国，这，我知道，

---

1 亦即他不再以米兰为那不勒斯的臣属邦国。

2 您：普洛斯彼罗用敬语称呼安东尼奥，用法一如前文第 96 页注 1 处。——译者附注

　　　　　　　你必须归还。

阿隆佐　　　　你若真是普洛斯彼罗，
　　　　　　　请详细告诉我们你是如何保命，
　　　　　　　怎么在这里与我们相遇？三小时前
　　　　　　　我们在这岸边遇难，我失去了——
　　　　　　　这记忆的刺多么锐利——
　　　　　　　我的爱子腓迪南。

普洛斯彼罗　我替你难过，大人。

阿隆佐　　　　无可弥补的损失，连忍耐女神
　　　　　　　都说她无法治疗。

普洛斯彼罗　我倒是认为
　　　　　　　您[1]没有寻求她的帮助。我有同样的
　　　　　　　损失，我获得她慈悲高明的救援，
　　　　　　　已经心甘情愿。

阿隆佐　　　　您有同样的损失？

普洛斯彼罗　一样大，也一样才发生，而且
　　　　　　　比起您能呼求来安慰您的，
　　　　　　　我更是一筹莫展[2]：因为我
　　　　　　　失去了我的女儿。

阿隆佐　　　　女儿？
　　　　　　　天哪，他们若是都住在那不勒斯，当
　　　　　　　国王和王后该多好！这事若能成真，
　　　　　　　我宁愿自己一身污泥，埋在我儿现今躺卧的
　　　　　　　湿软海底。您什么时候失去女儿的？

1　您：从这里开始，普洛斯彼罗和阿隆佐改以敬语"您"相称。——译者附注
2　普洛斯彼罗意指阿隆佐至少还有一个女儿克拉丽贝尔。——译者附注

普洛斯彼罗　在刚才的暴风雨里。我看诸位大人

对这场相遇大为惊讶，

完全失去了理智，无法相信

亲眼所见为真，连一句话

都说不出。不过，无论你们

如何失去理性，要确知

我是普洛斯彼罗，就是被赶出

米兰的那个公爵；他不可思议地

登陆在你们遇难的此岸，

当了它的统治者。这事暂且不表，

因为故事说来话长，

不是一顿早餐报告得完，也不

适合这第一次见面的场合。欢迎，王上！

这个洞穴是我的宫廷，里面扈从无几，

外头更无臣民。请您向里探看。

我的公国您既然归还于我，

我要以等值的美物回报，

至少拿出一件可赞叹的 [1]，来满足您，

一如我的公国满足我。

这时普洛斯彼罗展现出在下棋的腓迪南和米兰达

米兰达　亲爱的大人，您作弊。

腓迪南　没有，我的最爱，

给我整个世界我都不会。

米兰达　会的，为了二十个王国您就应该，

而我会说很公道。

1　可赞叹的（wonder）：双关语，暗指米兰达（Miranda 源于拉丁文，意为"惊讶"）。

阿隆佐　　　假如这竟是
　　　　　　岛上的一个幻象，一个亲爱的儿子
　　　　　　我将失去两回。

西巴斯辛　　一个至高无比的奇迹。

腓迪南　　　大海虽然来势汹汹，其实很仁慈。
　　　　　　我没来由地诅咒了它。（跪地）

阿隆佐　　　现在愿一个
　　　　　　快乐父亲的祝福完全环绕着你。
　　　　　　起来，说说你怎么到这儿的。

米兰达　　　奇妙啊！
　　　　　　有这么多光彩的生物在这儿！
　　　　　　人类何其美！华丽新世界啊，
　　　　　　竟有这等人物在其中。

普洛斯彼罗　是你没见过。

阿隆佐　　　（对腓迪南）跟你下棋的这位少女是什么人？
　　　　　　你们认识还不到三个小时吧。
　　　　　　她可是那位把我们分散，
　　　　　　又这样使我们重逢的女神？

腓迪南　　　父王，她是凡人，
　　　　　　然而靠着非凡的天意，她是我的了。
　　　　　　我属意她的时候，未能征询父亲的
　　　　　　意见，也以为父亲不在人世。她
　　　　　　是这位大名鼎鼎米兰公爵的女儿，
　　　　　　我以前常听到公爵的崇隆声望，
　　　　　　但从未见过。从他那里我领受了
　　　　　　第二次生命；而这位淑女使他成为

	我第二个父亲[1]。
阿隆佐	而我是她的公公。
	但是啊，说来多么奇怪，我
	竟然必须请求我的孩子饶恕。[2]
普洛斯彼罗	好，王上，到此为止。
	我们别再拿过去的沉痛来压迫
	我们的记忆。
贡柴罗	我内心在哭泣，
	否则早开口了。众神哪，请垂看下界，
	投一顶蒙福的王冠给这一对。
	因为是你们标明了道路
	带引我们到这里。
阿隆佐	我说阿门[3]，贡柴罗。
贡柴罗	米兰公爵被逐出米兰，竟是为了使他的后裔
	世世代代成为那不勒斯的国君？啊，
	欢喜庆祝非比寻常，还要用黄金
	铭刻在不朽的柱石上。只一趟旅途，
	克拉丽贝尔在突尼斯找到夫君，
	她弟弟腓迪南在自己落难之处
	找到妻子，普洛斯彼罗在贫瘠小岛
	得回公国，而我们全体心神丧失之际
	找回了自己。
阿隆佐	（对腓迪南与米兰达）伸出你们的手来：

---

1 亦即岳父。
2 为他当年驱走普洛斯彼罗与米兰达的事。——译者附注
3 阿门（amen）：表示赞成。——译者附注

谁要是不祝福你们，愿哀伤和愁苦

永远包围他的心。

贡柴罗　　愿是如此。阿门！

爱丽儿上，船主与水手长随上，神色惊诧

啊，看，陛下，看，陛下！还有我们的人！

我发过预言，若陆地上还有绞刑架，

这家伙不能淹死。——（对水手长）现在，臭嘴巴，

在船上诅咒神明，上了岸一句脏话都没啦？

在陆地上就没有嘴啦？有什么消息？

水手长　　最好的消息是咱们平安地见到

王上和全体随从。其次，咱们的船，

三小时之前才宣告破裂的，

如今坚固完好，配备齐全，就像

咱们刚出海时那样。

爱丽儿　　（旁白。对普洛斯彼罗）大人，这一切

都是我走后做的。

普洛斯彼罗　（旁白。对爱丽儿）好巧妙的精灵！

阿隆佐　　这些事情不合常理，变得越发

奇怪了。说，你们怎么到这儿的？

水手长　　陛下，俺要是认为自己当时神志清醒，

自当尽力报告。咱们睡得死死的，

而且——也不知怎么搞的——都关在舱底，

在那儿，不久前，听到各种奇怪声响：

吼叫、尖叫、嚎叫、铁链叮当、

还有种种更多的声音，都很吓人，

咱们就被吵醒，立刻自由了[1]。

在那儿，咱们一身漂亮衣裳[2]，重新见到

咱们富丽堂皇的王船；咱们的船长

见了就跳起舞来。不一会儿，可以说，

像做梦一般，咱们就跟他们分开，

茫茫然被带到这儿。

爱丽儿　　（旁白。对普洛斯彼罗）干得好吧？

普洛斯彼罗　　（旁白。对爱丽儿）好极了，我的好帮手。会让你自由的。

阿隆佐　　这是人走过最奇怪的迷阵了，

这件事情里，有些是超乎自然

所能指挥的；必须有神谕

来导正我们的知识。

普洛斯彼罗　　大人，陛下，

不要让您的心智老是想着

这件事的奇异。找一个闲暇——

那个时候不久就会有——我再来向您

解说发生的这一切，让您听了

觉得合理。在那之前，请开开心心，

把每件事情往好处想。——

（旁白。对爱丽儿）过来，精灵，

去释放凯列班和他那一伙，

解除魔法。——　　　　　　　　　　爱丽儿下

（对阿隆佐）陛下可好？

1　自由了（at liberty）：指从舱底释放出来。

2　咱们一身漂亮衣裳（in all our trim）：our 一词有些版本作 her，意指船只漂亮美好。——译者
　　附注

　　　　　您的随员当中还有几个怪胎

　　　　　失踪，您已经记不得了。

爱丽儿驱赶着身穿偷来衣服的凯列班、斯丹法诺、特林鸠罗上

斯丹法诺　　人人都要照顾众人，不可有人照顾自己[1]；因为一切都是命
　　　　　运。要勇敢，怪物老兄，勇敢！

特林鸠罗　　如果我头上的眼睛是真的，这个场面可不得了。

凯列班　　　赛得玻[2]啊，这些个才真是好看的精灵！
　　　　　我的主人穿得多帅气啊[3]！我只怕
　　　　　他要责打我。

西巴斯辛　　哈哈！
　　　　　这些个是什么东西啊，安东尼奥大人？
　　　　　能卖钱吗[4]？

安东尼奥　　很有可能。其中一个
　　　　　根本是鱼，毫无疑问有市场价值。

普洛斯彼罗　只要看这些人的制服，各位大人，
　　　　　然后说他们是否老实。[5]这个丑八怪，
　　　　　他的母亲是巫婆，法力高强到
　　　　　能够控制月亮，指挥潮汐，
　　　　　已经超乎月球，不需靠它的力量。
　　　　　这三个偷了我的东西，这半个妖魔——
　　　　　因为他是个杂种[6]——跟他们算计着

1　醉酒的斯丹法诺把谚语 Everyman for himself（自求多福吧）讲反了。——译者附注

2　赛得玻（Setebos）：凯列班母亲西考拉克斯崇拜的神。见 32 页注。——译者附注

3　普洛斯彼罗现在穿的是公爵服。——译者附注

4　意指在怪物展览场里。——译者附注

5　斯丹法诺和特林鸠罗是阿隆佐的仆人，却穿着偷自普洛斯彼罗的衣服。——译者附注

6　凯列班的父亲是魔神，母亲是女巫。——译者附注

	要害我性命。其中两个家伙您

要害我性命。其中两个家伙您
一定认得，得承认是您的。这个妖怪嘛，我
承认是我的。

凯列班　　我会被捏死。

阿隆佐　　这个不是斯丹法诺，我酗酒的司膳官吗？

西巴斯辛　他现在喝醉了。他哪儿来的酒？

阿隆佐　　特林鸠罗也摇摇晃晃。他们在哪儿
找到这等美酒，使他们红光满面？
（对特林鸠罗）你们怎么泡成这德行¹？

特林鸠罗　从上次见到您，我就一直泡成这样，恐怕泡到骨子里了。
我不必担心苍蝇下蛋²啦。

西巴斯辛　唉，怎么啦，斯丹法诺？

斯丹法诺　啊，别碰我。我不是斯丹法诺，只是个拱背虾³。

普洛斯彼罗　您想在岛上称王啊，小子？

斯丹法诺　那我会是个痛苦的⁴王。

阿隆佐　　（指着凯列班）这是我从未见过的怪东西。

普洛斯彼罗　他的品行不良，一如他的
相貌丑陋。去，小子，到我的洞穴，
带着您⁵的伙伴，如果您希望
我的宽恕，把洞穴好好整理一番。

1　泡成这德行：原文 in this pickle。pickle 在此有两层意思：（1）困境；（2）腌渍食物用的卤汁（在此指酒）。

2　苍蝇下蛋（fly-blowing）：指身体腐烂。绿头苍蝇（blow-fly）会在尸体上产卵。

3　拱背虾：原文 cramp，意指 doubled-up（身体对折弯曲，亦即直不起腰杆），可能因受到爱丽儿折磨或喝多了酒。

4　痛苦的（sore）：也可以解释为无能的（inept）或严苛的（harsh）。——译者附注

5　您（you）：普洛斯彼罗首次以敬语称呼凯列班，应是玩笑语。——译者附注

凯列班	是，我会照办。而且今后要变聪明， 寻求恩典。我真是个天大的 [1] 笨驴， 竟把这个醉汉当作神明， 还崇拜这个没脑的傻瓜 [2]！
普洛斯彼罗	好啦，快去！
阿隆佐	去，把你们的行李放回找来的地方。
西巴斯辛	该说是偷来的地方。　　　　凯列班、斯丹法诺与特林鸠罗下
普洛斯彼罗	陛下，我邀请您和您的随从 到我简陋的洞窟，今晚在那里歇息 一宿；其中一些时间，我会用来 讲述相信会使这个夜晚 过得很快的故事：我来到 这岛上之后的生活以及 特殊的经历。到了早晨 我会带您上船，随即回那不勒斯； 希望在那里看到这一对 我们深爱的人完成婚礼， 我再从那里回到我的米兰， 时时默想死亡 [3]。
阿隆佐	我渴望 聆听您的生命故事，那必然 非常奇妙动听。
普洛斯彼罗	我会详细诉说，

---

1 天大的：原文 thrice-double，意为三的两倍，即六倍。

2 傻瓜：原文 fool，也是"弄臣"（特林鸠罗的职衔）之义。——译者附注

3 如同一个好基督徒应做的（以便好好活）。

并且保证让您浪静风顺，
航行迅速，可以追得上
您遥远的王家船队[1]。——我的爱丽儿，小乖，
那是你的任务，然后回到空中，
自由自在；祝福你。——各位，请进。

除普洛斯彼罗外众人下[2]

普洛斯彼罗朗读收场白

现在我已毫无法力，
所余力气都属自己，
微弱无比。确确实实，
你可把我囚禁于此，
或是送往那不勒斯。
我既然已饶恕骗子、
收回公国，请别叫我
为君罚咒，荒岛流落；
有请各位鼓掌欢欣，
释放在下免受囚禁。
看官好评，有如和风
助我扬帆，计划成功，
因我一心讨君喜悦。
精灵法术今我两缺，
结局乃是希望失落，
除非祷告使我解脱：
祈祷有效，直达上天，

---

1 其他船只已经比他们多行了一日。——译者附注
2 爱丽儿应从另一方向下场。——译者附注

得神垂怜，免我罪愆。
　诸位但愿得赦过尤，
　就请宽容放我自由。（等待鼓掌）

下

宁静中的暴风雨

——译后记

彭镜禧

辅仁大学讲座教授 / 台湾大学名誉教授

《暴风雨》是莎士比亚晚期的作品。有人认为这是他告别伦敦剧坛之作，因为戏里有这么一段话，隐约透露出他告老还乡之意：

> 盛会到此结束。我们这些演员，
> 我说过了，都是精灵，已经
> 溶入空气之中，溶入稀薄的空气：
> 而正如这场无根的幻景一般，
> 耸入云霄的高楼、华丽的宫殿、
> 庄严的庙宇、伟大的地球本身，
> 不错，它所有的一切，都将消逝，
> 就像这场虚渺的盛会逐渐隐没，
> 不着一点儿痕迹。我们的本质
> 跟梦境一样；我们短暂的生命
> 到头来以睡眠结束。（见正文 87 页）

无论这种解读是否正确，这出戏的题目值得一谈。

莎士比亚戏剧中，出现过多次暴风雨的场景。《错误的喜剧》（*The Comedy of Errors*）和《第十二夜》（*Twelfth Night*）都以海上风暴引起船难，作为后续故事的发轫。《冬天的故事》（*The Winter's Tale*）里，衔命抛弃婴儿的安提哥纳斯（Antigonus）在雷声大作的暴风雨中被熊追赶；他的最后一句台词是："我准要没命！"舞台上虽然没有演出，但他死于熊吻殆无疑义。悲剧《奥瑟罗》（*Othello*）里，风暴之后，敌军不战而败，奥瑟罗的前景似乎无限光明。《麦克白》（*Macbeth*）里的女巫在隆隆雷声中现身于荒野。《李尔王》（*King Lear*）里，暴风雨更是陪伴着李尔的心灵成长。

但只有《暴风雨》这出戏是以暴风雨为剧名。戏的开场声势惊人：观众看到船上水手忙成一团、乘船的王公焦虑不已。令人不解的是，暴风雨只存在于戏的第一景，之后不再出现。那这出戏为什么要称为《暴风雨》呢？哈罗德·布鲁姆（Harold Bloom）就认为戏名应该直接称为《普洛斯彼罗》（*Prospero*）或改为《普洛斯彼罗与凯列班》（*Prospero and Caliban*）（凯列班是剧中的"原住民"）。

其实，若是从另一个角度来看，这出戏可说是莎士比亚宽恕论述的总结。戏中物质界的暴风雨象征着主角普洛斯彼罗内心的暴风雨——是一场宽恕与否的猛烈挣扎。戏名十分恰当。

莎士比亚戏剧中对宽恕主题着墨甚多。悲剧《罗密欧与朱丽叶》（*Romeo and Juliet*）和《哈姆莱特》（*Hamlet*）都以和解结束。在一般称为传奇剧（romance）的莎士比亚晚期作品里，更是无一不涉及宽恕的主题，显示出莎翁的关怀所在。《暴风雨》呈现了宽恕的必要以及宽恕的困难；莎士比亚在本剧的处理方式令人惊艳。

普洛斯彼罗凭着无边的法术，制造了一场暴风雨和船难，得以完全控制以前的政敌——尤其是当年篡夺了他的公爵地位、将他放逐孤岛，而且至今不肯悔悟的亲弟弟安东尼奥。但是他定意选择宽恕；先是对被他的法术弄得失去知觉的安东尼奥说：

……同胞血肉啊，

您，我的兄弟，因为野心勃勃，

抛弃了怜悯与手足之情。跟西巴斯辛——

......

差一点杀害你们的国君。我要饶恕你，

尽管你泯灭人性。（见正文96—97页）

值得注意的是，我们看到普洛斯彼罗说他已经原谅——还说是"要饶恕"——自家兄弟、自己的血肉，却并没有忘记旧恶，仍然不免愤愤地口出恶言，骂安东尼奥"泯灭人性"。这像不像是真的原谅——发自内心完全的宽恕呢？

稍后，安东尼奥跟西巴斯辛（国王的弟弟）等人清醒过来，普洛斯彼罗又对两人说：

可是你们，我的两位大人，我若有意，

现在就可以教陛下龙颜大怒，

证明你们是叛逆；在这个时候

我不要举发。（见正文99页）

既然说过了要原谅，为什么又要讲这种话呢？"我若有意"，言外之意是不是提醒对方：我手上握有你们的把柄？"在这个时候 / 我不要举发"——是不是暂时存下黑材料，要等适当的时候再抖出来？这不是明摆着威胁恐吓吗？

紧接着，普洛斯彼罗再对安东尼奥说：

至于您，邪恶透顶的大人，称你为兄弟

甚至会玷污我的嘴，我真心原谅

你最卑鄙的过犯——一切过犯——并要求

你归还我的公国，这，我知道，

你必须归还。（见正文99—100页）

向弟弟讨回被篡夺的公国领地以及公爵名分地位，这是理所当然的事。然而，对自己一再声称已经"真心原谅"的兄弟，为什么还要称他"邪恶透顶"、"最卑鄙",甚而说什么"称你为兄弟／甚至会玷污我的嘴"?看来原谅只是普洛斯彼罗根据理性要求所做的决定:他终究必须跟着大伙儿返回那不勒斯。

如此看来,大和解只是表象。

这出戏以暴风雨拉开序幕。这场暴风雨可以看作普洛斯彼罗多年积恨的宣泄,但并不因为雨歇风止而完全消失。普洛斯彼罗这时有报复的能力,却选择了宽恕。衡之以人的标准,已属难能可贵。诗人亚历山大·蒲柏(Alexander Pope, 1688-1744)引用西谚说:"犯错是人性;宽恕是神性(To err is human; to forgive, divine)"。普洛斯彼罗精研法术,功力达到能够呼风唤雨的程度,近乎神力。但他毕竟还只是人,没有真正宽恕的神性。因此,即使到了剧终,他心中的暴风雨还没有停歇。

基督教《圣经》里,耶稣的门徒彼得问:"主啊,我弟兄得罪我,我当饶恕他几次呢?到七次可以吗?"耶稣回答说:"我对你说,不是到七次,乃是到七十个七次"(《马太福音》,18:21-22;和合本)。这段话最能显明宽恕的必要,同时也说明了对世人而言,宽恕何其困难。人心中的暴风雨,何时才能平息止歇?这,或许才是莎士比亚命题的本意。